DU POULET AU MENU

DU MÊME AUTEUR

A compter de 2003, les San-Antonio seront numérotés par ordre chronologique d'écriture de Frédéric Dard, qui est aussi l'ordre originel des parutions.

Cette décision entraîne un changement de numérotation des S-A n° 1 à 107. Par contre, la numérotation des S-A n° 108 à 175 reste inchangée. (Voir à la fin de ce volume le tableau de correspondance entre l'ancienne numérotation et celle indiquée ci-dessous.)

Hors série :

Œuvres complètes :

Vingt-neuf tomes parus.

Morceaux choisis :

Mes délirades

SAN-ANTONIO

DU POULET
AU MENU

Fleuve Noir

Edition originale
parue dans la collection Spécial-Police
sous le numéro 151

Il m'arrive souvent, le matin, de me regarder dans une glace et de ne pas me reconnaître.

Alors ça me fait marrer quand je trouve des gens qui croient, eux, se reconnaître dans mes livres.

S.-A.

CHAPITRE PREMIER

Les pognes croisées sous la nuque, je regarde les évolutions d'un meeting de mouches au plafond. Elles sont marrantes, les mouches, surtout quand elles se baguenaudent sur du blanc. On les croirait mues par un ressort. Elles vont d'une petite allure saccadée, pareilles à des vieilles dames qui traversent la rue, s'arrêtant brusquement pour pomper une poussière alimentaire ou pour se faire le coup du facteur à la fermière-en-train-de-laver-son-linge ! Un bon conseil, les gars : si les humains vous débectent par trop, regardez vivre les mouches pour changer !

Elles vous donneront une très jolie leçon de simplicité, bien qu'elles marchent au plaftard !

Je fais un geste qui a pour triple résultat : *primo*, d'affoler une paisible punaise qui traversait le couvre-lit ; *deuxio*, d'enrayer un début d'ankylose dans ma flûte gauche et enfin *tertio*, d'arracher au sommier une plainte déchirante.

Ce pageot d'hôtel minable achève une carrière pénible. Il suffit de le regarder d'une façon un peu trop appuyée pour qu'il se mette à geindre. Il en a vu de dures et il rêve d'un grenier oublié, le pauvre. Depuis le temps qu'il donne sa représentation d'adieu, il est crouni ! Il se trouve dans une petite chambre de dépannage et il ne sert que pour les heures de pointe ; mais quand même !

Je demande à Pinaud, sans même me donner la peine de tourner la tronche :

— Qu'est-ce qu'il fait ?

Le vieux cyclope tarde un peu à répondre. Je m'apprête à ouvrir une souscription destinée à lui offrir un sonotone lorsqu'il murmure de sa voix nasale :

— Rien.

Je me fous en renaud après le zig que nous surveillons.

— Il a une aptitude à ne rien faire qui confine au génie, tu ne trouves pas ?

Pinaud sort son œil vitreux du viseur de la lorgnette braquée sur une déchirure du rideau.

— Que veux-tu qu'il fasse ? objecte-t-il avec cette tranquille pertinence qui fait sa force...

J'explose.

— A son âge, c'est pas une vie de rester claquemuré comme ça...

Je saute du lit, lequel lance une clameur d'agonie, et je vais regarder à mon tour par le petit trou de la lorgnette.

Grâce à cet instrument d'optique, j'ai une vue très détaillée de la pièce qui nous intéresse de l'autre côté de la cour. Je découvre notre bonhomme, grandeur nature. Il est assis sur le bord de son divan, une cigarette éteinte au coin de la bouche. C'est un type brun et maigre, anguleux comme une cathédrale gothique, avec des joues qu'il n'a plus la force de raser et une chemise qui paraît attendre soit le blanchisseur, soit le ciseau de Deibler[1].

Près de lui, par terre, il y a une soucoupe pleine de mégots.

Pinaud se roule une cigarette. Lorsqu'il l'insère entre ses lèvres, elle est déjà en haillons.

— Tu vois, murmure-t-il…

J'abandonne la lorgnette pour aller prendre la bouteille de whisky sur la fausse cheminée en vrai marbre.

Une mouche est occupée à téter le goulot de la boutanche. La mouche du scotch, comme dirait… l'autre ! Je la chasse honteusement pour prendre sa place.

---

1. Vous le voyez, j'ai le sens du raccourci.

— Un coup de raide, Pinuche.

— Non, merci… Je préfère du vin ; ce machin-là, ça me fout la brûle !

Joignant le geste à la parabole, il sort de la table de nuit une bouteille de blanc dont il use largement.

— Quel métier, soupire-t-il, je commence à avoir les membres engourdis.

— Tu fais ton apprentissage du néant, vieux. Que, toi, tu restes avec le valseur soudé à une chaise, ça se comprend… Mais c'est l'autre endoffé, là-bas, qui m'intrigue… A son âge, c'est pas normal !

Voilà deux jours qu'on mate ses faits et gestes, Pinaud et moi, espérant qu'il va enfin agir ; mais je t'en fous. Il croupit dans sa tanière comme un vieux lion bouffé aux mites.

Pinaud retourne à sa longue-vue.

— Dire qu'au sommet de la Tour Eiffel, j'ai eu payé cent francs pour regarder là-dedans, soupire-t-il.

Je rigole :

— On fait deux beaux flics, toi et moi ! Les Frères Lissac n'ont qu'à bien se tenir…

— Quand j'étais dans l'armée…, attaque Pinuche qui a toujours un très joli souvenir sous la

moustache pour colmater les brèches de l'instant
présent.

— Tu devais faire un militaire fort civil !

— J'étais observateur.

— Et qu'est-ce que tu observais ?

— Les faits et gestes de l'ennemi.

— C'est pour ça que la France perd une guerre
sur deux, Vieille Noix !

Il hausse les épaules. Mes sarcasmes ne l'atteignent plus depuis longtemps. Il est résigné comme
quarante-trois millions de Français, Pinuche.
Quand on a un passé lourd de coups de pied aux
fesses, de soupes trop froides, de femmes trop
chaudes, de chaussettes trouées et de Légion
d'honneur vainement attendue, fatalement on ne
le regrette pas trop. Il a marché à côté de sa vie
sans la voir, comme le bœuf qui ne voit jamais le
sillon qu'il creuse[1].

Ses tifs d'un gris demi-deuil sont peu nombreux
mais embroussaillés. Il les tortille au bout de ses
doigts en un geste enfantin qui remonte de sa
période bleue.

1. Image peu originale, j'en conviens, mais que je vous demande
de me pardonner car j'aime le bœuf. D'ailleurs, c'est un animal
souvent à la mode. Il est nostalgique comme s'il avait perdu quelque chose de précieux. Mais ce qui semble lui assurer une parfaite
sérénité, c'est la pensée qu'il finira par braiser un jour ou l'autre. A
ce titre surtout, Pinaud a la psychologie du bœuf.

— Tu sais à quoi je pense ? fais-je soudain.

Il me regarde :

— Non !

— P't'être que tu as les cheveux complètement blancs ?… Tu devrais te les laver, un jour, pour voir…

Nouveau haussement d'épaules, assez noble cette fois. Dans le fond, il ressemble à un vieux musicien pauvre. Ses épaules font penser à un cintre à habit.

Cher vieux Pinuche…

Il vient de balanstiquer un nouveau coup de périscope, en face…

— Viens voir, murmure-t-il.

Je retourne coller mon lampion au petit trohu.

— Tu ne trouves pas qu'il est bizarre ? insiste mon éminent collègue de sa voix dont on fait les solos de flûte !

Son regard est morne comme la première page du *Monde*[1], mais très exercé. Il faut en effet être un poulet consommé[2] pour s'être rendu compte que quelque chose vient de se produire dans le comportement du gars.

Il est debout, maintenant. Il a ôté sa cigarette de

---

1. Je ne puis parler des autres, n'ayant jamais osé ouvrir cet honorable journal.

2. Ne pas confondre avec le consommé de poulet.

ses lèvres et la tient à bout de bras dans une attitude de type aux aguets. Du reste, son visage crispé, sa tête légèrement inclinée me prouvent qu'il écoute…

— Qu'est-ce qui se passe, d'après toi ? je questionne.

Le Pinaud des Charentes hoche la partie supérieure de son individu.

Ses sourcils en forme de brosse à dents usagée se joignent.

— Il écoute, c'est évident, fait-il. Je renchéris.

— En effet.

— Mais il n'écoute pas quelqu'un qui monte l'escalier car, en ce cas, il s'approcherait de la porte.

— Alors ?

Il me pousse et fléchit l'échine. Son ignoble mégot pend sous sa moustache comme de la moutarde en tube.

— Ah ! Je sais, fait-il au bout d'un instant.

— Quoi ?

— Ben, regarde-le bien…

Je reprends mon observation. L'homme est toujours dans la même attitude. Il semble changé en statue de sel, comme dirait Cérébos.

J'ai beau l'examiner, ma lanterne ne s'éclaire toujours pas.

— Tu as vu ce qu'il fixe ?

— Non.

Je regarde le gnace. C'est marrant d'être dans cette chambre miteuse, au papier jauni, et de pouvoir plonger un œil énorme et précis dans une pièce située de l'autre côté de la cour.

Cette fois je pige. Tout à mon examen du zigoto, je ne prenais pas garde aux objets qui l'entourent. Ce que notre homme contemple de la sorte, c'est un appareil téléphonique mural.

Et s'il le bigle d'un air affolé, c'est parce qu'à mon avis le bigophone carillonne.

La lunette est tellement grossissante et tellement bien réglée que je peux apercevoir des gouttelettes de sueur sur le front de l'homme. Il est peut-être allergique au téléphone, non ? Ben quoi, pourquoi vous vous marrez, ça arrive ?

— Il n'a pas très envie de répondre, hein ?

Je secoue la tête.

— En effet. Seulement c'est duraille à supporter une sonnerie de biniou quand on ne veut pas décrocher.

Comme s'il voulait ratifier mes paroles[1], le gars se met les paluches sur ses étagères à mégot.

Pinaud a chopé la lunette et le contemple.

---

1. Ce qui, à tout prendre, vaut mieux que de ratifier la loi concernant les impôts nouveaux.

— Il paraît de plus en plus nerveux, assure ce digne représentant de la loi et de la débilité mentale. Je te parie tout ce que tu voudras qu'il va craquer aujourd'hui...

— C'est bien possible. En tout cas, ça ne serait pas trop tôt !

« Je voudrais bien que nos deux jours de claustration nous conduisent quelque part[1]. »

Je retourne sur le lit qui me joue la mélodie des amours en cent quarante de large. J'évoque le départ de l'affaire... Elle se présente curieusement. Tenez, passez dans mon burlingue, je vais vous la raconter...

Vous y êtes ? Bon, alors ouvrez vos vasistas et ne cirez pas vos pompes sur les coussins, ça fait négligé.

Voilà... Un jour de la semaine passée, un indic nous a signalé la présence à Paname d'un espion international[2] redoutable, trois fois expulsé déjà

1. C'est en lisant des répliques comme celles-là qu'André Roussin comprend que ce ne sont pas seulement trois cents ans qui le séparent de Molière.
2. Du reste tous les espions le sont. C'est devenu chez eux de la déformation professionnelle.

mais qui revient inlassablement se poser sur la France, comme une mouche à miel sur un tableau de Touchagues. Aussitôt, branle-bas de combat dans les Services ! Le Vieux, pas si tronche, au lieu de faire alpaguer Grunt (C'est le blaze du quidam que je vous cause, comme disent la plupart des grands producteurs de cinéma.) lui a fait filer le train par un spécialiste chevronné : un pote à moi nommé Clinchet qui fit de brillants débuts dans l'opération Cocu lorsqu'il était détective privé.

Le premier jour, R.A.S. sur les agissements de Grunt. L'espion semble revenu à Paname uniquement pour mener la joyeuse vie. On le voit dans les cabarets de luxe, se gorgeant de champ' et levant des moukères à dix raides la nuit... Ou bien consommant du filet de marcassin sauce grand veneur dans les cantines snob où le prix du couvert vaut celui d'un repas dans une maison honnête. Bref, c'est un peu fort (ce qui est le terme qui convient car Grunt est turc de naissance)... Et puis voilà que le lendemain, Clinchet assiste à une rencontre sur les bords de la Seine entre Grunt et l'homme que nous surveillons présentement, Pinuche et moi. La discussion semble âpre, véhémente. D'après l'attitude de l'homme, Clinchet comprend qu'il n'est pas d'accord avec l'espion.

Lorsque les deux types se séparent, un instant plus tard, Clinchet change de proie. Il suit le nouveau venu, pensant qu'il retrouvera toujours Grunt à son hôtel… Là il se colle le médius dans l'œil, car Grunt n'a pas reparu à l'hôtel et semble s'être volatilisé… Quant à l'homme suivi, il erre une journée entière dans Paris, comme une âme en peine. Puis, sur le soir, il entre dans un meublé assez chic et loue une chambre pour la semaine, sous un nom d'emprunt.

Nous savons qu'il s'agit d'un nom d'emprunt car les vérifications faites sur l'identité dont il s'est prévalu sont absolument négatives[1].

Depuis qu'il s'est bouclé dans ce studio, notre type n'a pas mis le nez dehors. Il se fait monter des sandwiches et il attend…

Quoi ? Ou qui ?

Nous avons transmis son signalement aux sommiers, mais ça n'a rien donné. Le mieux, pour nous, c'est d'attendre aussi. Il se produira sûrement quelque chose, puisqu'il a peur… Car le fait de s'être terré là prouve qu'il a les jetons. Et en admettant que rien ne se passe, nous aurons toujours la ressource d'emballer le Monsieur afin de

---

1. Si, après une phrase pareille, vous trouvez que je ne suis pas académisable, c'est que vous avez appris à lire dans l'annuaire du téléphone !

lui demander poliment ce que Grunt lui a chuchoté dans le tuyau acoustique, pas vrai ?

O.K., vous voici affranchis, alors cessez toujours de renauder, les mecs, et faites comme moi : comptez les mouches pour tromper le temps.

J'allume une gitane, mais je suis un médiocre fumeur et je ne tarde pas à l'écraser sur le montant du lit.

— Rien de nouveau ? fais-je à Pinaud.

— Non…

— Attends, je viens de penser à quelque chose…

J'enfile ma veste et je sors.

Comme je longe le couloir, je croise un monsieur et une dame qui viennent de gravir quelques marches de l'escalier accédant au 7e ciel. Lui, énorme, sanguin, gêné, soufflant déjà à l'escadrin ! Elle, assez élégante avec ses snow-boots, son manteau de fourrure en lapin véritable et son diadème en celluloïd dans les cheveux. Le bon genre, quoi ! Du maintien dans le soutien-gorge… Des bonnes manières dans l'intimité… Du bleu au-dessus des yeux ; du mauve au-dessous du nez… Un sac de perles… Un cache-nez de deux mètres sur le dos et un trottoir de quinze mètres en bas de l'hôtel.

Elle me décoche un sourire. Le même qui a décidé l'obèse à lâcher deux lacsés pour grimper trois étages.

— On est tout seul, Loulou ? qu'elle me fait aimablement.

— Oui, m'dame, réponds-je gentiment…

— Et où tu vas, Loulou ?

— En Poméranie, m'dame, comme tous les loulous de ma connaissance.

Elle me dit de profiter du voyage pour me faire faire un tas de choses choquantes et je descends l'escalier sur la rampe afin d'aller plus vite.

La tenancière de l'albergo est plantée dans sa caisse comme un gros cactus dans son pot. Elle a également des aiguilles, mais elle s'en sert pour tricoter une layette au bébé de la cousine de la belle-sœur du fils aîné du curé de la paroisse.

— Je peux téléphoner ?

Elle m'adresse un sourire signé Colgate en caractères au néon.

— Faites donc…

Je vérifie dans mon agenda le numéro du studio d'en face et j'appelle le taulier. Je l'ai interviewé entre trois yeux (car il est borgne) l'avant-veille. C'est un grand vieux triste qui parle du bout de son dentier comme un qui bouffe des artichauts.

— Ici commissaire San-Antonio !

— Très bien…

— Dites-moi, notre homme vient d'avoir un appel téléphonique, n'est-ce pas ?

— C'est exact…

— Qui l'a demandé ?

— Une voix d'homme…

— Et à quel nom vous l'a-t-on demandé ?

— On m'a dit qu'on voulait parler au pensionnaire brun, qui a une cicatrice à la tempe et qui est arrivé ici sans bagages…

— Curieux… La communication a duré longtemps ?

— Il n'a pas décroché… J'ai fini par dire au demandeur qu'on ne répondait pas dans la chambre et que mon pensionnaire avait dû sortir…

— Et qu'a-t-il dit ?

— Rien… Il a ri… Un drôle de rire…

— Bon, je vous remercie…

Au moment où je raccroche, il se produit un grand ramdam dans l'escalier et Pinaud, qui a raté une marche, atterrit à mes pieds sur le derrière.

— Vite ! Vite ! croasse-t-il. « IL » vient de sortir.

Pinuche se relève et masse délicatement son verre de montre.

— Tu es sûr ?

— Pas de doute ! Il s'est donné un coup de peigne. Ensuite il a enfilé sa veste et il est parti…

Je bombe dans la rue, mon collègue au prose. Il ne s'agit pas de faire chou blanc… Si par hasard nous rations le monsieur, je connais un dénommé San-Antonio qui voudrait se faire jouer *La sortie est au fond du couloir* par son supérieur hiérarchique.

Tout en cavalant le long du trottoir, je passe mes instructions au Révérend Pinuche.

— Toi, tu lui files le train à pince ; moi, je prends la voiture, comme ça nous serons parés…

Parvenus à l'angle de la rue, nous stoppons afin de balancer un coup de périscope sur l'entrée du meublé. Le Bon Dieu, qui n'a sans doute rien de plus pressé à faire aujourd'hui, est avec nous. Voici effectivement notre bonhomme qui déhote de sa planque. M'est avis que ça va être vachement coton de le suivre, car il est méfiant comme un marchand de voitures d'occasions recevant la visite du fisc. Il regarde attentivement la *strasse* avant de foncer. Heureusement, Pinaud est l'homme idéal pour suivre un quidam. Dans les cas graves, sa bouille de vieux déchet fait merveille. Qui donc irait se gaffer d'un chpountz comme lui, fringué à la ville comme à la scène par le Carreau du Temple, sale comme les bas-fonds de Barcelone et aussi puant qu'une couenne de lard oubliée[1].

Tandis que mon estimable collaborateur prend en chasse notre gibier, moi, je gagne ma voiture. J'ai dans l'idée qu'elle ne me sera pas inutile en l'occurrence ; car je vous parie *Un jour de gloire est arrivé* contre une nuit avec Miss Monde, que le gars à la cicatrice va essayer de brouiller les pistes.

Pour l'instant, je joue les corbillards automobiles… La circulation est faible dans ce quartier, ce qui rend la filature à distance plus aisée. Je m'arrête, de temps à autre, pour laisser de l'avance aux deux hommes.

L'homme aura du salpêtre à sa veste à force de raser les murs. Pinaud, lui, s'en va d'une allure paisible, s'arrêtant de temps à autre pour se mou-

1. D'aucuns trouveront mon sens de la comparaison excessif… Je leur répondrai pertinemment et avec à-propos : « Et après ? » S'il est des cas où l'on se doit d'appeler un chat un chat, il en est d'autres où l'on peut également l'appeler Minet.

cher dans un formidable mouchoir à carreaux. Je ne crois pas que notre lièvre l'ait encore repéré ou du moins qu'il se méfie de lui…

Nous prenons des rues, encore des rues… Lorsque celles-ci sont à sens unique, je contourne le pâté de maisons pour revenir dans le sens contraire, au carrefour suivant.

Nous finissons par déboucher sur les quais. Là, sans crier gare… (Du reste, pourquoi pousserait-il ce cri ?) Notre zouave stoppe un taxi en maraude et s'engouffre dans le véhicule.

Le coup classique !

Pinaud en reste comme deux ronds de flan. Heureusement que j'avais prévu le coup. Aussitôt j'écrase mon champignon afin de doubler le bahut. On a dû vous le dire dans d'autres ouvrages moins éminents que celui-ci : la meilleure façon de suivre quelqu'un, c'est encore de le précéder… Je ne me laisse remonter par le G7 qu'en atteignant les ponts… Puis, lorsque je vois que le chauffeur va continuer tout droit, j'accélère à nouveau pour le précéder.

Dans mon rétro, j'aperçois le copain qui garde la frite collée à la lucarne arrière de son tréteau. Pauvre cloche, va !

Nous continuons de longer la Seine… Nous traversons l'Alma, la place du Canada, la Concorde…

Nous suivons le Louvre et atteignons le Châtelet…
Là, le bahut vire à droite et traverse le pont.

Crevant ! on va passer devant la grande taule…
Maintenant je préfère laisser au taxi l'initiative
des opérations. Mine de rien, je me fais doubler…
L'homme à la cicatrice paraît rassuré car il ne
zyeute plus à l'arrière… Assis dans l'angle du
véhicule, il songe à la mort de Louis XVI, ce qui
est tout naturel lorsqu'on vient de passer devant
l'ancienne prison du Temple.

Nous traversons la Cité et parvenons quai des
Orfèvres. Le taxi vire à droite… Puis encore à
droite… Il pénètre dans la Cour principale de la
grande Cagna ! Je crois que je n'ai jamais ressenti
une surprise d'une telle qualité…

Je sais bien que vous êtes tous plus ou moins
atrophiés du bulbe, mais tout de même, vous
reconnaîtrez que c'est un peu fort de caoua ! Voilà
un zigoto qu'on surveille depuis deux jours
comme du lait sur le feu. On ne le perd ni de l'œil
ni de la semelle… Quand il quitte son repaire on a
le cœur branché sur la haute tension parce qu'on
se figure qu'il va nous conduire quelque part… Et
cette enflure nous mène droit chez nous !

Il douille son taxi. Le bahut décrit un virage
savant et disparaît. L'homme à la cicatrice reste
planté dans la cour, indécis… Il regarde les allées

et venues, les voitures-radio, les paniers à salade, les inspecteurs qui palabrent, les gardiens de la paix et autres images affligeantes… Jamais je ne l'ai aussi bien vu que dans cette lumière tendre d'automne… Un soleil mutin, pâle comme le dargeot d'un canard plumé, joue sur Paris… Il fait frais et triste.

L'homme paraît être le catalyseur de la tristesse ambiante. Avec sa gueule mal rasée, ses yeux enfoncés, cernés par la fatigue et la peur… il a quelque chose de pathétique. Il porte un complet marron, luisant au coude, une chemise sale, un gilet tricoté en laine grise… La barbe envahissant ses joues dissimule la cicatrice qui lézarde sa tempe. Un instant je me dis qu'il ne va pas oser aller jusqu'au bout… Qu'il va se tailler… Alors je joue le pacson…

Je descends de bagnole et m'approche de lui, très décontracté, très aimable.

— Vous cherchez quelqu'un, monsieur ?

Il me regarde. Ses yeux ont un je ne sais quoi de chaud, de vibrant, qui me va droit au cœur. Ils s'accrochent à moi comme un enfant à la main de sa mère lorsque celle-ci l'emmène pour la première fois aux Galeries Lafayette un jour d'exposition de blanc.

— Je…

— Qui ?

Bonté divine ! Ça paraît duraille à sortir…

— Je voudrais voir quelqu'un…

Il a un accent chantant, très méditerranéen.

— Oui ?

— Je ne sais pas… Un commissaire…

— Je suis commissaire…

Pour le rassurer sur ce point, je lui montre ma carte.

— Ah ! bien, bon… Oui…, murmure-t-il… Alors, je vais vous parler.

— Suivez-moi jusqu'à mon bureau…

Nature, mon service n'a rien à ficher avec le quai des Orfèvres, mais ce n'est pas la peine de le dire au gars. Il est trop indécis pour supporter le transport. Quand un bonhomme est à point, faut le cueillir *presto*…

Nous pénétrons dans la baraque et j'avise Meunier, un de mes collègues de la P.J.

Je m'approche de lui.

— Tu peux me prêter ton burlingue cinq minutes ? lui soufflé-je. J'ai là un client qui doit accoucher d'urgence…

— Tant que tu voudras. D'autant plus que je me barre…

— T'es un frelot.

J'entraîne ledit client dans le bureau de Meunier : une petite pièce très administrative pourvue d'un bureau recouvert de cuir sale, d'un classeur dont le volet ne veut plus remonter et de quelques sièges déprimés.

— Asseyez-vous…

Le gars s'assied. On dirait que tout ce qui peut retarder l'échéance est mis à profit par lui. Il a pris un chemin déterminant, mais il le voudrait sans fin pour ne jamais arriver à destination. Ainsi sont les hommes[1].

Je tends un paquet de gitanes à mon interlocuteur. C'est classique et pourtant ça réussit toujours. Ce sont de ces gestes insignifiants qui permettent aux hommes de se retrouver à travers les barrières sociales[2].

Je me colle une sèche dans le bec et je nous allume. Ensuite, tout en exhalant ma première bouffée, je murmure, très hollywoodien :

1. Mordez un peu ma pudeur d'auteur. A partir de cette considération philosophique je pourrais vous pondre le grand couplet chiadé… Mais au lieu de ça je continue imperturbablement ma narration ! Conscience professionnelle avant tout. Bon, et maintenant remontez, je vous attends !

2. A propos de barrières, si conventionnelles que soient celles appelées sociales, un homme digne de ce nom ne doit jamais hésiter à sauter par-dessus, surtout si la femme de l'autre côté vaut le déplacement.

— Allez-y, mon vieux, racontez-moi votre petite affaire… Et parlez franchement… Ça facilitera les choses…

Il prend sa cigarette entre deux doigts jaunis par la nicotine. Puis il me regarde.

— Je m'appelle Angelo Diano.

— Italien ?

— *Si*.

Je découvre une lueur bizarre dans ses yeux. Il semble étonné, brusquement. Pourquoi ?

Il finit par demander :

— Vous n'avez jamais entendu parler de moi ?

Je le regarde… Puis je ferme les lampions pour étudier ce nom… Angelo Diano… Non, décidément, ça ne me dit rien.

— Jamais, affirmé-je, sûr de moi.

— Je suis recherché en Italie… Pour meurtre !

Je reste imperturbable…

— Il y a dix ans, j'ai abattu un homme de loi à Firenze au cours d'un cambriolage… J'ai pu passer la frontière… J'ai pris un faux nom ici et j'ai refait ma vie…

Les mains croisées sur le cuir râpé du burlingue, j'étudie le faciès de l'homme. Un assassin ! Ça me surprend un peu… Mais de nos jours les assassins ont des têtes d'honnête homme !

— Alors ?

— Lorsque j'étais en Italie, j'ai travaillé quelquefois pour un certain Grunt, vous connaissez ?

— Vaguement, c'est un espion ?

— Oui. A l'époque, je l'ignorais… Je dois vous dire, ma spécialité c'était l'ouverture des coffresforts… J'étais très demandé…

— Ah ! bon… Ensuite ?

— Donc, au cours d'un cambriolage, j'ai été surpris… Je n'étais pas armé car jamais je ne me serais cru capable de tuer ! Seulement, monsieur le commissaire, dans ces cas-là, on n'est plus soi-même… J'ai pris ce qui me tombait sous la main et j'ai cogné…

Cette histoire-là, je la connais. Ils sont tous pareils… Ils ne veulent pas tuer, mais quand on leur crie « Coucou, qui est là ! », ils vous ouvrent le cigare à coups de tisonnier.

— Je vois, murmuré-je. Et, cette fois-là, vous travailliez pour le compte de Grunt ?

Il acquiesce.

— Oui, c'est ça…

Je commence à y voir clair.

— Bon, continuez !

— Comme je vous l'ai dit, monsieur le commissaire, je me suis enfui… J'ai eu la chance que le crime ne soit découvert que le lendemain soir seulement... Ça m'a permis de passer la frontière dans un car de touristes... Après, j'ai vécu deux mois à Marseille, puis je suis venu à Paris... J'ai lâché le vilain travail que je faisais en Italie pour faire un vrai métier... Cette horrible chose que j'avais commise m'avait fait prendre le vol en horreur...

Le coup de la rédemption, ça aussi, ça existe. C'est rare, mais j'ai déjà vu des cas de ce genre...

— Alors ?

— J'ai fait la connaissance d'une jeune femme... Une veuve très gentille. On s'est mis en ménage et j'ai été heureux...

Il se tait, le visage voilé d'une incommensurable tristesse.

Je respecte son émotion. Puis, doucement, pour lui montrer qu'un policier français n'a pas toujours une motte de beurre rance à la place du cerveau, je soupire :

— Et ç'a été le parfait bonheur jusqu'au jour où Grunt vous est retombé sur le poil.

Diano me considère avec une attention nouvelle.

— Oui.

— Je crois savoir pourquoi Grunt vous a revu...

Il ne moufte pas. Mais ses yeux en disent long comme le tour de France cycliste.

— Il vous a réclamé ce qu'il vous avait chargé de voler la nuit où vous avez tué le magistrat, non ?

— *Si !*

Voilà… Pas plus difficile que ça ! Plus ça va, plus j'admire ma perspicacité. Y a des moments où j'ai envie de léguer ma calebasse à la Faculté de médecine… Ils seraient épatés, les prix Nobel, en étudiant ma centrale thermique ! Dites, vous le voyez, le bocal de San-Antonio au musée de l'homme, entre l'encéphale de Mathusalem et les claouis du Père Dupanloup[1] ! C'est mes petits copains, et néanmoins ennemis, qui en feraient une bouille !

— Et que contenait le coffre que vous étiez chargé de piller ?

— Une grosse enveloppe de toile avec des papiers dedans…

— Quelles sortes de papiers ?

Il a un geste d'ignorance.

— Je ne sais pas… C'étaient des plans… Je n'y ai pas compris grand-chose…

1. Félix-Antoine-Philibert Dupanloup, évêque d'Orléans, célèbre par sa défense de l'église libérale. Fut un membre très actif du clergé et de l'aéronautique.

— Qu'en avez-vous fait ?

— Je les ai détruits... J'avais peur qu'on me trouve avec ça, vous comprenez, après ce qui s'était passé...

— Je comprends... Vous l'avez dit à Grunt ?

— Bien sûr...

— Il ne vous a pas cru ?

— Non... Ou alors il a fait semblant de ne pas me croire...

Il y a un silence... On entend beugler un gnace dans un bureau voisin. Un brave homme de truand à qui mes collègues souhaitent la fête ! Ou je me trompe, comme disait un de mes amis que je faisais cocu, ou ces Messieurs sont en train de lui offrir des marrons glacés.

Diano me regarde avec effroi.

— Baste ! lui dis-je, il y a toujours eu des hommes qui ont filé sur la gueule à d'autres hommes, lesquels l'avaient plus ou moins mérité...

M'est avis que c'est le moment de porter le coup décisif au moral de mon interlocuteur.

— Dites-moi, cher Angelo Diano, pourquoi vous êtes-vous caché pendant deux jours dans ce meublé ?

Alors là, c'est l'apothéose... Ses genoux se mettent à applaudir, ses yeux lui pendent sur les

joues et sa bouche s'ouvre sous l'effet de la surprise, comme une moule sous celui de la chaleur.

— Co... comment le sa... le sasa... le savez-
vous ? bavoche-t-il.

— Nous ne perdons pas de vue les agissements
de Grunt, ni de ceux que ce brave forban contacte,
vous saisissez ?

Non, il ne saisit pas encore très bien, la vérité
est trop brûlante pour qu'il puisse l'empoigner à
pleine paluche. Ce qui prédomine en lui, pour
l'instant, c'est l'admiration. Je lui fais l'effet d'un
surhomme. Je lui apparais dans une lumière
triomphante, avec le glaive de la justice souve-
raine à la main en guise de coupe-cigare.

Je biche ma voix de flic numéro 114, certifiée
d'utilité publique par un décret en date du tant !

— Parlez !

C'est bref, mais impératif.

— Grunt s'est fâché. Il m'a dit qu'il ne croyait
pas en la disparition des documents... Il prétend
que je les ai vendus ailleurs... Enfin il veut que je
répare le préjudice commis, sans quoi il révélera
mon identité afin que je sois arrêté puis extradé...

Cornélien, en effet.

— De quelle façon veut-il que vous répariez ce
soi-disant préjudice ?

Il marque un nouveau temps de réflexion.

— Il me demande de dévaliser un autre coffre-fort…

Le tempérament transalpin reprend le dessus. Diano cesse d'être timoré et se fait volubile.

— Mais je ne veux pas, monsieur le commissaire… Non, je ne veux plus des combines pareilles…

« Maintenant, je suis un honnête homme… Alors tant pis, je préfère payer ma faute passée… »

Je vous parie un doigt de fine champagne contre un doigt dans le nez qu'il bouquine *La Veillée des Chaumières* ! Il a un vocabulaire qui ne trompe pas. « Payer sa faute passée ! » Voilà qui aurait fait saliver M. Georges Ohnet en personne.

Il poursuit.

— Quand j'ai vu ça, j'ai répondu non. Alors il m'a dit qu'il me donnait deux jours pour réfléchir… C'est pourquoi je me suis caché… Mais il m'a retrouvé. Et tout à l'heure il m'a demandé au téléphone… J'ai compris qu'il n'y avait rien à faire contre ce démon ! Alors je suis venu tout vous dire…

Il se tait. Ça y est, le voilà soulagé. Il s'est vidé de son secret… Je me lève et je vais lui mettre la main sur l'épaule.

— Vous avez bien fait, mon vieux… On va peut-être pouvoir vous récompenser de votre loyauté en ne vous livrant pas aux collègues italiens…

Alors le voilà en pleine démonstration. C'est le chaud lapin dans toute sa splendeur. Il m'empoigne la main et la presse sur sa poitrine avec ferveur comme si c'était de la relique homologuée… La paluche de saint Antoine de Padoue, par exemple. J'ai grand mal à me dégager…

— On va aviser, mon cher… Il faut que j'en réfère à mon chef… Quel coffre vous a-t-il demandé de cambrioler ?

— Celui d'une usine d'aviation…

— Voyez-vous…

J'attire le bigophone posé sur le bureau et demande le numéro du Vieux. La voix de celui-ci retentit presque aussitôt.

— J'écoute…

— Ici San-Antonio, chef… J'ai du nouveau… Puis-je vous voir immédiatement ?

— Arrivez !

C'est tout. Je pose le combiné sur sa fourche.

— Venez, Diano ! On va se pencher sur votre passif !

*
**

Le Vieux aurait fait un très représentatif président de la République, avec sa belle casquette en peau de fesse, luisante comme une engelure, son maintien noble, ses mains délicates qui sollicitent le moulage et ses costars admirablement coupés.

Il a les bras croisés, ce qui met en valeur ses manchettes amidonnées dont les boutons d'or, très classiques, étincellent presque autant que son caillou.

Son regard bleu candide fixe avec intensité l'Italien affalé dans le fauteuil. Le Vieux n'est pas très sensible à l'aspect humain du problème. Pour lui, les hommes, ce sont avant tout des noms, des fonctions, des rôles et des pions... Il joue avec eux comme avec les pièces d'un échiquier... Il les déplace, les manœuvre, les organise... Il se fout de ce qu'ils peuvent penser. Mieux : il ignore que tout le monde a un cœur et un cerveau. Assis à l'écart, j'observe la scène. Je me crois au cinoche, c'est captivant.

— Grunt ne vous a pas donné de détails sur l'usine qu'il veut vous faire cambrioler ?

— Non. Il m'a seulement dit que c'était une usine d'aviation...

La voix de Diano est sourde comme une lanterne. Il est très impressionné par la classe de son interlocuteur.

— Quand doit-il vous contacter ?

— Aujourd'hui… Puisqu'il a dit qu'il me donnait deux jours…

— Où ?

— Il n'a rien précisé.

— Comment vous a-t-il contacté la première fois ?

— J'ai reçu un télégramme signé : « Votre ami de Florence. » Il me fixait rendez-vous sur le quai de la Mégisserie…

Le Vieux retourne s'asseoir à son bureau. Il saisit un porte-plume en marbre et se met à dessiner des oiseaux des îles sur une feuille à en-tête de la Grande Cabane. Toutes les fois il dessine des oiseaux. Je pense qu'il doit liquider un complexe, lui qui est aussi déplumé que son sous-main.

— Monsieur Diano, murmure-t-il, après qu'il a mis des ergots crochus à un vautour malgache, je crois que vous pouvez nous être très utile…

Le rital se trémousse sur son siège.

— Vous allez rentrer chez vous, poursuit le Vieux…

Diano se liquéfie…

— Rentrer chez moi, Madonna !

— Oui… Vous attendrez la suite des événements. Si Grunt vous contacte et vous demande les

raisons de votre fugue, dites-lui la vérité : à savoir
que vous avez eu peur… Il comprendra très bien
cela et ne vous en tiendra pas rigueur. Vous accep-
terez alors sa proposition, vous me suivez ?

Incapable de proférer un son, l'Italien opine
lentement du bonnet.

Le Vieux a de nouveau le regard perdu sur ses
oiseaux… Il met un troisième œil à un bengali
suédois qui n'en demandait pas tant et, satisfait,
relève son menton d'intellectuel bien nourri.

— Vous ferez tout ce que vous demandera
Grunt, reprend-il…

— Mais, bêle l'autre…

Le Vieux cisaille ses protestations d'un geste
auguste.

— S'il vous demande de cambrioler ce coffre,
vous le ferez… Vous lui remettrez le produit de
votre vol… Vous me suivez ?

— Oui, monsieur…

— N'essayez plus de fuir, de vous cacher…
Nous sommes là, dans l'ombre, qui vous prenons
en protection, soyez-en persuadé… Je ne vous
demande qu'une seule chose. Lorsqu'il vous aura
dit de quelle usine il s'agit, il faudra nous le faire
savoir…

— Comment ? s'inquiète Diano qui récupère peu à peu…

Le Vieux se tourne vers moi.

— Vous avez une idée, San-Antonio ?

Je réfléchis un court instant. Mes turbocompresseurs fonctionnent admirablement et j'ai vite trouvé la solution.

— Rue Chaptal, fais-je, il y a un restaurant *Chez Saint-Marcoux*… Lorsque vous saurez, allez-y bouffer. Vous irez vous laver les mains avant de vous mettre à table. Les lavabos sont séparés de la cuisine par un mur qui ne va pas jusqu'au plafond. Vous écrirez l'adresse de l'usine sur une feuille de papier et vous jetterez le message par-dessus le mur. La patronne est une bonne copine que j'affranchirai… Vous avez saisi ?

— Oui, *bene*.

— Pendant que vous y serez, vous goûterez à son civet de lièvre, c'est le meilleur de Paris !

Le Vieux appuie sur un timbre. Un huissier paraît.

— Qu'on fasse reconduire ce monsieur près de chez lui dans l'une de nos fourgonnettes… L'huissier s'incline. Il attend Diano. Le Vieux fait un salut très raide au rital. Moi, plus social, je lui serre la manette.

— A bientôt, Diano… Surtout n'ayez pas peur, tout se passera bien…

Il s'en va, réconforté. Je vous parie un pot de vaseline contre un disque de Tino Rossi qu'il pense le plus grand bien de la police française !

A peine la lourde porte insonorisée s'est-elle rabattue sur les talons de notre homme que le Vieux décroche son téléphone intérieur.

— Allô, Bérurier ? Vous allez prendre en chasse l'homme qu'on va emmener en fourgonnette dans un instant. Faites-vous assister par qui vous voudrez, mais ne le perdez pas de vue un seul instant, compris ?

Il raccroche sans même laisser le temps au Gros de dire *amen*. Son front est plissé comme la jupe d'une pensionnaire des *Oiseaux*.

— Que pensez-vous de cette histoire, San-Antonio ?

Je suis catégorique. Du reste, avec le Vieux, il faut feindre de l'être même si l'on a une grosse envie de biaiser.

— Cet homme nous mène en bateau, patron…

Il tressaille. Son œil gauche se ferme pour cause d'inventaire et le voilà qui se met à tirer sur ses manchettes.

— Pourquoi ?

— Je n'ai pas digéré le coup de fil qu'il a reçu au meublé…

— Expliquez-vous, ronchonne le Yul Brynner de la Rousse.

— Voilà… Diano était dans un meublé comportant le téléphone. Quand on l'a demandé, il n'a pas décroché… Pourquoi ? Ce pouvait fort bien être la direction de l'hôtel qui le sonnait pour une question de service… D'autant plus que, jusque-là, Diano utilisait le téléphone pour se faire monter à manger… Cette fois, il s'est gardé de décrocher… Pourtant il savait qu'on l'appelait de l'extérieur. Il m'a dit textuellement ceci : « Tout à l'heure, IL m'a demandé au téléphone »…

Je me tais. Le Vieux ne paraît pas convaincu.

— Ce n'est pas probant, fait-il… Lorsqu'il est sorti, le logeur a pu lui dire que l'appel venait de l'extérieur…

Je secoue la tête.

— Non, patron. Avant de l'amener dans votre bureau, j'ai retéléphoné au meublé, ils ne l'ont même pas vu partir.

— Quel intérêt cet homme aurait-il à venir nous avouer qu'il est un assassin recherché par la police italienne ?

— C'est à voir…

— Précisez votre pensée…

— Je me demande si Grunt et son équipe ne préparent pas un coup. Il a vu qu'on le filait, n'oubliez pas que si Clinchet est un spécialiste de la question, Grunt, lui, est un orfèvre… Il a voulu nous donner le change, nous aiguiller sur une fausse piste. La preuve ? Son plan a eu un commencement d'exécution puisque Clinchet s'est mis à suivre Diano… Vous ne trouvez pas bizarre, vous, que Grunt ait disparu juste à cet instant ? Moi si !

Je vois bien, à son air constipé, qu'il est ébranlé par mon raisonnement, le père la pelade.

Il finit par hausser les épaules.

— Les dés sont jetés, San-Antonio !

Ça y est ! Revoilà les bonnes vieilles formules toutes faites : les clichés !

« Les dés sont jetés ! » Pourvu qu'on ne les ait pas jetés trop loin !

— Nous n'avons plus qu'à attendre la suite des événements, reprend le Boss.

Je vous parie une quinte à trèfle contre une quinte de toux qu'avant de nous séparer il va déballer une dernière vérité première.

Ça ne rate pas.

— L'avenir nous dira si vous avez vu juste !

Comme si l'avenir avait pour l'habitude de faire des confidences de ce genre !

Je me barre. Ces deux jours d'immobilisme dans l'hôtel pouilleux m'ont rendu cafardeux, j'ai besoin de me retrouver *at home* !

CHAPITRE II

Il y a des jours ou la chance est allée se faire cuire un œuf. Vous avez beau l'appeler par les noms les plus tendres, elle fait la sourde oreille.

Aujourd'hui du reste, *France-Soir* est formel en ce qui concerne mon horoscope : nous autres, les premiers décans du cancer, on est bonnards pour se farcir la pestouille. Rien ne va plus !

De la perturbation dans les affaires, de la mollesse dans le sentiment, une visite qui ne fera pas plaisir et, pour ceux qui n'y prendront pas garde, le pancréas qui va débloquer... Bref, c'est pas le blason des grandes croisades ! De gueule et d'or sur champ d'azur !

Oui, le mieux c'est encore de regagner la cabane pour me faire chouchouter par Félicie, ma brave femme de mère ! Tous les hommes, surtout les forts, ont besoin du giron maternel de temps en temps pour se réchauffer le cœur. C'est quand leur *mother* a touché son billet d'infini qu'ils sont vrai-

ment sevrés, les hommes. Ils n'ont plus rien à
quoi s'accrocher… Alors ils deviennent mauvais.
Il y a en eux des cris qui pourrissent et qui fer-
mentent… Un feu qui s'éteint doucement en déga-
geant une sale fumée ! L'enfance, voyez-vous,
c'est un mal dont on ne peut jamais guérir. On
nous appelle les hommes, mais nous ne sommes
au fond que des petits garçons à gueule de raie,
vous comprenez[1] ?

En arrivant à la maison, je m'aperçois que
France-Soir n'a pas menti. La sale visite annon-
cée est bien là, qui m'attend. Elle a pris la frime
de courge du cousin Hector. Y avait longtemps
qu'il n'était pas venu nous casser les pieds, ce
minable !

Lorsque je pénètre dans la salle à briffer, il est
dans le fauteuil favori de Félicie, l'air plus hargneux que jamais, comme s'il nous en voulait de
sa tronche à éteindre les candélabres. Il s'est mis
sur son trente et un. C'est-à-dire qu'il a sorti de
l'armoire aux mites son costar noir, qui le fait res-

1. Si vous ne comprenez pas, c'est que vous, vous êtes peut-
être devenus des hommes pour de bon ! Y a pas de mal à ça, il
faut de tout pour défaire un monde.

sembler à un veuf chronique. Il porte une cravate en corde, grise et noire, qui vous colle des envies de strangulation et il s'est réussi admirablement sa raie médiane de démocrate chrétien.

Sa bouche sans lèvres se tord pour un sourire…

— Bonjour, Antoine, murmure-t-il, comme si nous nous trouvions dans un confessionnal, toujours en retard, à ce que je vois ?

— Toujours, dis-je, jovial. Bien que fonctionnaire, mon pauvre Hector, je n'ai pas la chance de travailler comme toi dans un ministère où ceux qui partent en avance croisent dans l'escalier ceux qui arrivent en retard.

Il ricane.

— Très drôle !

Félicie arrive, portant une soupière fumante :

— Velouté aux champignons ! annonce-t-elle.

Elle me lance un regard de détresse. Elle sait que je ne peux pas piffer le cousin Hector et elle redoute toujours que ça fasse des étincelles, nous deux.

— Alors, Totor, attaqué-je gaillardement, comme pour justifier ses appréhensions, tu as commencé ton hibernation, à ce que je vois ?…

Il avale de travers sa cuillerée de potage.

— Quoi !

— Ben oui, tu sens la naphtaline, c'est donc que tu as mis tes fringues des mauvais jours…

Et on continue tout en morfilant à se balancer des vannes par-dessus la table. C'est notre sport de société. Ça ressemble au ping-pong, en moins fatigant.

— Tu ne songes toujours pas à te marier ? demande ce pingouin râpé... Bien sûr, tu préfères courir la gueuse... C'est plus drôle.

Pauv' mec, va ! Il est sinistre comme une forêt incendiée. Pourquoi certains êtres éprouvent-ils du plaisir à être bilieux ? Hein, vous pouvez me le dire, tas de pétrifiés des glandes ? On dirait que ça les nourrit, de distiller du venin. Ils sont méchants comme on bouffe. C'est presque une fonction naturelle chez eux.

— Question de tempérament, Hector, je lui réponds... Tout le monde peut pas avoir, comme toi, un bulletin d'absence dans le Rasurel !

Il en a le dentier monté sur rail brusquement. Il n'a que le temps de se le réenfoncer dans le cla-poir avec le bout de sa cuillère.

— Antoine ! glapit-il, des horreurs pareilles devant ta mère !

Je lui souris gentiment. Enfin, aussi gentiment que je le peux.

— T'affole pas, Totor, m'man n'est pas pudi-bonde, elle. C'est pas parce que tu es abonné au bulletin paroissial de ta banlieue qu'il faut...

Tel Louis XVI sur le bécane à Charlot, je ne termine pas ma phrase. La sonnerie du biniou retentit, stridente. Félicie blêmit. Elle sait bien que lorsque je suis à la maison et que ce carillon se fait entendre, je ne vais plus y demeurer longtemps.

— Veux-tu que j'aille répondre ? demande-t-elle de sa petite voix anxieuse.

— Mais non, penses-tu.

Je la laisse avec Hector et le velouté de champignons.

Le biniou se trouve dans le hall. Je décroche, recevant à bout portant un éternuement dans le tympan.

— Que Dieu vous bénisse, fais-je, en guise d'allô !

— Je viens de choper un rhume carabiné, m'avertit la voix de Bérurier.

Comme preuve de ses dires, il procède à un reniflage qui n'est pas sans évoquer l'embrayage défectueux d'un vieux tacot.

— C'est pour me dire ça que tu m'appelles, crème d'andouille ? Y a donc pas de pharmagos dans le quartier où tu te trouves ?

— Si tu crois que j'ai le temps de me soigner… Je te tube rapport à notre mec…

— Qu'est-ce qui se passe ?

— C'est pour ce soir, la castagne…

— Quoi ?

— Je vais te dire… Je lui ai filé le train comme prévu. Le gars habite près de la place Voltaire, anciennement Léon-Blum…

— C'est le contraire !

— Qu'est-ce que tu dis ?

— C'est avant que la place s'appelait Voltaire. Maintenant elle s'appelle Blum, on évolue, faut comprendre !

— Ecoute, San-Antonouille de mes deux Nios, c'est pas le moment de charrier, je te jure !

Venant d'un homme plutôt porté sur le gros rouge et la contrepèterie, cette exhortation me ramène au sérieux en vigueur dans la police [1].

— Je t'écoute…

— Donc j'ai suivi notre bonhomme jusque chez lui et là, j'ai pris le poireau à deux mains… Au bout d'un moment, v'là une gonzesse qui sort de l'immeuble… Rondelette, gentille… Tu vois le genre ? Un peu trop large de la potiche peut-être, mais…

— Je m'excuse, Gros, mais si c'est pour me

1. Non, rien !

donner le grand frisson, te fatigue pas : j'ai rancard demain avec B.B. !

Il libère un rire qu'il devrait pourtant surveiller car il peut être dangereux pour les tympans fragiles.

— Donc, reprend-il, la gonzesse vient t'à moi…

— Comme ça ?

— Oui. Et elle me dit : « J'suis la femme de Diano… » Heureusement que je me suis gaffé que le gars était italoche, sans ça personne m'avait allongé son blaze…

— Alors ?

— Mon mari vous prévient que c'est pour cette nuit… Et ça se passera à l'Usine Vergament à Boulogne…

Les mots tournent dans mon ciboulot comme les chevaux de bois d'un manège…

— Tu as prévenu le Vieux ?

— Non… J'ai eu peur qu'il m'engueule…

— Pourquoi t'engueulerait-il ?

— Ben, dis, c'est pas fort de m'être laissé repérer d'emblée, hein ? J'ai fait une couennerie en suivant le gars… Il s'est arrêté pour acheter le journal… Je l'avais pas vu et je m'étais mis à courir, croyant l'avoir paumé…

— Si bien qu'il t'a aperçu ?

— La preuve…

— Dans un sens, ça vaut peut-être mieux…

— Tu crois ?

Sa voix épaisse est pleine d'espoir.

— D'où téléphones-tu, Béru ?

— D'un troquet en face de chez lui…

— Toquard ! Et s'il filait pendant ce temps ?

— Pas de danger, le biniou est sur le rade, d'ici je vois sa porte !

— T'as une pompe à ta disposition ?

— Non.

— Je vais t'envoyer Charvieux avec la DS…

« Faites pas les glands, hein ? Ne le perdez pas…

— Pour qui tu me prends ? s'indigne Bérurier.

— Pour ce que tu es, Gros ; je sais bien que c'est pas convenable, mais quoi, la vérité a ses pénibles obligations…

Je coupe le contact, mais sans raccrocher le combiné, car j'ai besoin maintenant de tuber dare-dare[1].

Puisque les choses ont l'air de se précipiter, il faut que je me précipite également.

Par extraordinaire, le Vieux n'est pas là… On me répond qu'il est en conférence avec le ministre.

---

1. Comme dirait un de mes plus illustres confrères.

Je me garde bien de le déranger ; s'il quittait le cabinet de ce dernier un instant, il pourrait ne plus le retrouver au retour, les ministres étant des gens responsables de réversibles qu'on renverse et reverse chez nous avec une maestria qui étonne le monde.

Je tube à Charvieux… C'est un bon petit gars qui arrive de la Mondaine et qui a des dons, c'est certain. On ne sait pas encore exactement lesquels, du reste, mais l'essentiel est qu'il en ait. Je l'affranchis sur la conduite à tenir.

— Va rejoindre Bérurier et filez le gars à vous deux… Je veux le maximum de discrétion. Il est possible, et même probable, que d'autres lui filent le train également. C'est surtout de ces autres-là qu'il faudra vous gaffer, vu ?

— Entendu, patron.

— Gy ! Maintenant passe-moi Pinuche…

— Il est au café d'en face…

— Alors, en partant, dis-lui qu'il me téléphone chez moi immédiatement, compris ?

— Comptez sur moi.

Je retourne à la salle à manger.

— Une donzelle, je suppose ? fait le cousin Hector avec un sourire qui aurait fait peur à Judas.

— Oui, lui dis-je. Une chouette, avec des moustaches et des souliers à clous, comme tu les aimes !

Je me tourne vers Félicie.

— Annonce le gigot, m'man, faut que je déhote d'ici à quatre minutes !

Elle ne dit rien, mais je la sens déçue. Elle va encore rester seule. Seule avec cette espèce d'abcès indécis qu'est notre Hector de cousin. Ce ballot va lui proposer une partie de dames, c'est recta, après le dessert… Et m'man acceptera, bien que ce jeu la fasse tartir, pour ne pas contrarier notre parent. Elle est dévouée, Félicie, on ne la changera pas.

Toujours partante pour s'emmouscailler le dimanche avec la paralytique d'à côté ou pour aller laver les pinceaux aux vieillards nécessiteux qui ont les pieds cradingues.

Au moment où je débouche la bouteille de Bordeaux, le téléphone remet ça…

— Tu es très demandé, d'après ce que je vois, ramène Buffalo-Bile[1] ! Ces dames t'apprécient !

— Parce que je livre à domicile, renchéris-je, et que j'assure le service de nuit. On appuie sur un bouton de jarretelle et me voilà !

---

1. Vous avez remarqué l'orthographe de Bile ? C'est pas par inadvertance que j'ai substitué un e muet au deuxième « ! » ça campe le personnage ! Si je voulais vraiment faire un jeu de mots, je l'appellerais « Bouffe à l'eau-bile ! » Seulement c'est pas la peine de risquer de rater le Goncourt pour un à peu près !

Je me lève au moment où Félicie crie depuis le hall :

— Antoine ! C'est M. Pinaud !

Y a plus que m'man qui l'appelle monsieur, cette vieille loque.

Je vais choper mon vaillant sous-ordre. A sa voix, je comprends qu'il s'est téléphoné pas mal de petits rouges dans le bac à plonge. Il a une voix fluette d'eunuque qu'on n'a pas remboursé. Cette voix, je la connais, c'est celle du vague à l'âme. Je vous parie un bonnet de nuit contre une tête près du bonnet qu'il était en train de raconter sa vie à un autre ivrogne.

— Tu as fait dire que je…, commence-t-il.

— Je sais ce que j'ai fait dire. Si tu n'es pas complètement soûl, Pinaud, ouvre grands tes éventails à libellules…

— Qu'est-ce que c'est que ces insinuations ! glapit-il…

— Joue pas les grands-pères nobles ! Bien que tu aies fait du théâtre dans ta jeunesse, ça n'est pas dans tes emplois.

» Tu vas prendre un bahut *illico* et me rejoindre chez moi, à Saint-Cloud !

— Tu m'invites à dîner ?

— Avec les anges, mon chéri…

— C'est que j'ai rien mangé…

— Félicie te préparera un sandwich… Tu ne vas pas chiquer au gastronome outragé, des fois !

Il exhale un soupir qui ressemble au signe avant-coureur de la mousson.

— J'arrive, bavoche le cher débris.

Effectivement, un quart d'heure plus tard, sa silhouette chétive remonte l'allée du jardin.

Il entre le bada à la pogne, une stalactite de jaune d'œuf à la moustache, l'œil atone, le nez en sentier muletier, le cheveu poudré de pellicules argentées ; sanglé dans un costume sous-loué à un épouvantail… Il s'incline devant Félicie en murmurant des salamalecs, ce qui décroche son râtelier supérieur. Très homme du monde, il le ramasse sur la moquette et le glisse dans sa poche.

— Je vous ai préparé une collation, annonce Félicie, sensible aux bonnes manières de mon collègue.

Pinuche minaude, proteste, chope le formidable sandwich qu'il enfouit dans la poche intérieure de son veston en promettant de le consommer dans un avenir très prochain. Apprenant que le cousin Hector est chef de bureau au ministère des Travaux en attente, il lui demande, mine de rien, les formalités à remplir pour être décoré des palmes académiques. Pinaud, lui, c'est le genre velléitaire… Il rêve de tout ce qui est modeste ou subalterne : des palmes, d'un scooter, d'un billet de faveur pour les Folies-Bergère, d'une retraite proportionnelle, et peut-être du purgatoire...

Je les entraîne, lui et son sandwich.

— On y va, vieillard ?

— Voyons, Antoine, proteste Félicie...

— Vous voyez comme il me traite ! fait Pinoche, épanoui... Mais je le connais, allez...

» J'sais qu'il m'aime bien !

— Je t'aime pas, je t'adore, Pinaud... Tu embellis ma vie comme le Pierrot en plâtre qui joue de la mandoline sur le buffet Henry II de ta salle à manger...

Ayant salué l'auditoire restreint, je le propulse dans la nuit humide.

— Où on va ? s'informe-t-il seulement.

— Au turf...

— Encore !

— Oui...

Il me suit en clopinant jusqu'à mon garage.

— A mon âge, grommelle-t-il, je mériterais tout de même un peu de repos !

— Patience, l'exhorté-je... D'ici peu, tu auras droit au repos éternel... A propos, qu'est-ce que tu préfères : les dahlias ou les chrysanthèmes ?

Nous ne tardons pas à atteindre l'usine Verga-ment. Elle est assez réduite pour une usine d'avia-tion. Si je m'en réfère à un article lu il y a quelque temps dans un baveux technique, on y étudie des prototypes très futuristes. Les bâtiments, cernés par un haut mur, s'élèvent en bordure de la Seine, sur l'emplacement d'un ancien studio.

Pinuche que, chemin faisant, j'ai mis au courant des événements, est très déprimant.

— Tu sens bien que c'est une affaire foireuse, murmure-t-il... De deux choses l'une : ou bien Diano est sincère et en ce cas l'équipe de Grunt est trop fortiche pour ne pas s'être aperçue que nous le tenions à l'œil... Ou bien, comme tu le crois, on nous tend un piège et le fait que nous marchions aveuglément ne peut que satisfaire nos adversaires...

Il a bavé tout ça sans reprendre souffle et, lors-qu'il se tait, il est aux extrêmes limites de l'as-phyxie.

Je médite, comme dit un jeune poète de mes amis[1], ces paroles empreintes du plus parfait bon sens.

---

1. En réalité il dit : « Je m'édite à compte d'auteur ».

Il a raison, le Vieux. Nous nous aventurons sur un terrain glissant. Moi aussi, je suis intimement persuadé que, d'une façon comme de l'autre, les espions savent que nous sommes sur le coup. *Or, ça a l'air de les arranger ! Drôle de pastis ! Suivez mon raisonnement si vous le pouvez ! Nous nous doutons qu'ils se doutent ! Or nous n'avons absolument pas d'autre conduite à tenir que celle qu'ils semblent attendre de nous !* Vous pigez ? Non ! Je vois à vos figures de constipés que vous becquetez de l'aile, les gars ! Vos frites ressemblent à un quartier sinistré. Vous avez oublié votre tas de phosphore ? Faut bouffer du poisson, mes petits… Je sais bien qu'au point où vous en êtes, ça ne se guérit plus, mais ça ne coûte rien d'essayer…

Nous arrêtons la tire en bordure du quai, dans une zone d'ombre due aux arbres… D'où nous sommes, il nous est fastoche de surveiller l'entrée de l'usine. C'est l'unique issue. Partout les murs sont sommés de fils de fer qui doivent être, soit barbelés, soit électrifiés, ce qui rend l'escalade impossible dans les deux cas…

— Ecoute, fais-je à Pinuchet. Par mesure de sécurité tu vas aller te poster à l'autre angle des bâtiments… Ainsi nous couvrirons de notre double regard de lynx tout le périmètre de l'usine.

Il ne répond rien. Je lui balanstique un coup de coude dans le bras… Il brame !

— Ouïe ! ouïe !

— Ben quoi, je t'ai pas tué, non !

— Tu m'as fait mordre le menton !

— Qu'est-ce que tu racontes ?

— J'étais en train de remettre mon râtelier pour pouvoir manger le sandwich… Je parie que ça saigne ! Regarde voir !

Je le rassure.

— Avec la tension que tu as, pour arriver à t'extirper une goutte de raisin, faudrait t'ouvrir en deux, et encore ! Allez, *go* !

Il descend de bagnole en maugréant. Comme il s'apprête à disparaître, je le rappelle.

— Hé, fossile ! A part ton sandwich, t'as une arme sur toi ?

— Oui, mon revolver, pourquoi ?

— Ça peut servir quand on part en pique-nique…

Il se fond dans l'obscurité, ce qui, pour lui, ne constitue pas un exploit, étant donné que tout son être a quelque chose de nocturne.

Je reste seulâbre, derrière mon volant. Un coup d'œil à ma tocante m'apprend qu'il est dix heures vingt. Comme il faut bien qu'il soit dix heures vingt à un moment ou à un autre, je me fais une douce violence et j'attends patiemment la fuite du temps et la suite des événements. L'impatience me ronge la nénette jusqu'au trognon inclus.

Rien n'est plus difficile à tromper que le temps. On peut tromper sans trop de peine : sa femme, son monde, son meilleur ami (ça, c'est ce qu'il y a de plus facile) ; on peut se tromper soi-même (surtout si l'on n'est pas son genre), mais le temps ne se laisse pas tromper sans rechigner. Il proteste à coup de secondes… Ah ! les secondes, vous parlez d'une vacherie ! Perfides comme une fourmilière ! Elles paraissent courtes lorsqu'on téléphone à Londres, mais quand on attend dans le noir, on se rend compte qu'il en faut soixante pour faire une minute. Or de nos jours on ne va pas loin avec une minute… Ce qui me ronge le plus dans ces périodes d'immobilisme, c'est la pensée de tout ce que je pourrais faire de positif pendant ce temps qui s'enfuit et que j'use pour rien… Tenez, par exemple, et pour bien vous donner une idée précise de la chose : en une seconde je pourrais ouvrir mon pantalon (qui est à fermeture Eclair) ; en dix secondes je pourrais lire la première page de *France-Soir* ; en trois minutes je serais capable de faire cuire un œuf-coque ; en une heure je me

rendrais inoubliable à une dame ; en deux je pourrais faire laver ma voiture et en trois faire deux
fois le tour de la terre[1].

J'arrête pile mes calculs… En effet, un taxi-
auto vient de stopper à quelques mètres de moi.
Un homme en descend : Diano.

A la lumière profuse[2] de l'éclairage axial, je le
reconnais aisément. Il est vêtu d'un complet noir,
d'une chemise noire et d'espadrilles de même
teinte. Il porte à la main un petit sac de bain de
couleur sombre. Son embrasse-en-ville[3] sans
doute ? Là-dedans il y a son nécessaire qui n'est
pas superflu en l'occurrence.

Il marche prudemment, en biglant de chaque
côté, comme pour s'assurer qu'il n'est pas livré
à lui-même. Cet oiseau-là n'aime décidément
plus sortir sans sa bonne. Pour les cambriolages,
il ne se déplace plus qu'accompagné de ses
parents.

Il ne me voit pas, ne voit personne et décide de
faire son petit turbin en grand garçon. Je le vois
s'approcher de la porte principale et fourrager

1. A condition toutefois d'être le bébé-lune ! Comme on dit
dans les potins de la comète !
2. Pourquoi « profuse », me direz-vous ? Soit. Mais alors,
pourquoi pas ?
3. Le comble de la maîtrise n'est-il pas de se censurer soi-
même ?

dans la serrure avec une clé qui doit être la bonne, car l'huis s'entrouvre en moins de temps qu'il n'en faut à certains chansonniers de ma connaissance pour prouver leur manque d'esprit. Diano disparaît, la porte se referme…

Bon, nous voici : lui au cœur de la place et nous au cœur du problème. Autres images pouvant convenir à la situation : les dés sont jetés, les jeux sont faits, le sort en est jeté, etc.

Je mate les azimuts de mon œil à deux sioux la paire. Je suppose que le gros Bérurier et Charvieux sont dans les parages, en tout cas ils ont travaillé comme des papes[1] car je ne les aperçois pas.

Attendons encore. Cette fois mon impatience confine au suspense. Un homme est en train de cambrioler des coffres protégés par la Défense du Territoire, et nous le laissons faire ; premier point bizarre. Cet homme risque sa peau, car sans aucun doute, l'usine est gardée, et nous le laissons faire, deuxième point baroque. S'il réussit son exploit, il portera le fruit de son larcin aux espions qui le font travailler, et nous le laissons faire, troisième point insolite… Tout cela dans l'espoir d'alpaguer le réseau ! Vous vous rendez compte de la vitesse

---

1. Ce qui est une façon de parler naturellement.

du vent ? Si jamais il y a un coup foireux, et il suffit de peu de chose… Nous pourrions embaucher tous les internationaux de l'équipe de France pour nous administrer des coups de savate dans le prose jusqu'à ce qu'ils ne puissent plus lever la jambe et nous plus nous asseoir.

Ma parole, mon pouls s'affole. J'ai le palpitant qui fait équipe… Et tout ça n'est encore rien ! Comme disait mon vieux camarade de régiment Henri de La Tour d'Auvergne, vicomte de Turenne [1] qui avait, surtout sous Mazarin, l'esprit frondeur : « Tu trembles, carcasse, mais si tu savais où je vais te mener tout à l'heure, tu aurais les flubes bien davantage. »

Car, tout à l'heure, il va se passer quelque chose. Je le sens !

Je le sais ! Mon être est averti de la fiesta, comme les animaux sont avertis de l'imminence d'un cataclysme… Je voudrais pouvoir visser un gros piton dans le ciel afin d'y suspendre le temps. J'ai eu tort de laisser s'accomplir ce sale turbin… Je donnerais la moitié de vos économies, plus dix pour cent pour le service, s'il m'était permis de rebrousser chemin… Peut-être qu'au lieu de relâcher Diano avec les honneurs de la guerre je devais

---

1. Les bons vicomtes font les bons amis !

le passer à la grande purge, manière de voir s'il avait des choses intéressantes à me confier pour publier en tête de ma cinquième colonne.

Enfin bref, il est trop tard !

Je me secoue... Que diable, je suis un homme d'action, oui ou non ! Même que je suis coté en Bourse, les dames vous le diront !

Une petite heure s'écoule goutte à goutte dans la nuit fraîche. L'automne met des écharpes de brume aux branches des arbres précocement dénudés[1]. Un couple d'agents cyclistes passe, emmitouflés dans des cache-col tricotés par mesdames. Ce qui prouve que si une hirondelle ne fait pas le printemps, deux hirondelles n'y parviennent pas davantage.

Les deux gars de la pédale s'éloignent dans un lointain aqueux (à bicyclette). Le quai redevient apparemment désert. Pas un bruit, pas un son, toute vie est éteinte, mais on entend parfois comme une

1. Cette phrase lamartinienne pour vous prouver que je peux faire dans tous les genres.

morne plainte... Celle du vent jouant, comme un enfant de mutin, avec les branchages d'où la sève s'est retirée sans laisser d'adresse.

Je suis saisi d'un doute : l'équipe Bérurier-Charvieux est-elle là ? Il semble que le quai soit totalement vide... Il est vrai que pour la planque, ils en connaissent long comme un traité sur l'énergie sidérurgique et son application dans les moulins à café de demain.

Pas trace non plus des gens qui tirent les ficelles, à savoir Grunt et ses équipiers discrets. M'est avis que tout le monde se déguise en courant d'air ou en caméléon dans ce circus !

Lorsque la grande aiguille de ma montre a fait sa révolution sur le cadran, la porte de l'usine se rouvre et mon zigoto réapparaît. Il est plus furtif qu'un souvenir polisson et il se met à foncer dans la partie obscure du quai, la tronche rentrée dans les épaules... Il marche vite, sans courir cependant... Il semble avoir peur... Oui, pas de doute, il est terrorisé... Je lui laisse du champ et je démarre en douceur.

Je roule sur le trottoir de terre afin de rester sous le couvert des arbres... A quelques mètres de moi, la silhouette étroite de l'Italien suit la bordure de l'ombre. De temps à autre, elle traverse une zone de lumière blafarde et j'aperçois le panache blanchâtre de sa respiration... Nous parcourons de la sorte une cinquantaine de mètres... Bien que le moteur de ma bagnole soit silencieux, il fait tout de même un certain bruit perceptible pour l'ouïe tendue de Diano. Seulement l'Italien ignore si c'est une voiture amie ou ennemie qui le file...

Soudain, il se cabre. Dans l'ombre, devant lui, se tient une seconde auto, tous feux éteints... Il marque un temps et s'écarte pour passer. J'ai reconnu la bagnole au premier coup d'œil : c'est la DS du service. Dedans j'aperçois vaguement deux silhouettes... Béru et Charvieux. Ils sont plus champions encore que je ne me le figurais. Pour venir se ranger à cinquante mètres de moi sans que je m'en aperçoive, faut être quelqu'un de doué !

Je les double doucement et je leur fais un petit signe par la portière. Ils pigent et démarrent en trombe... Ils dépassent Diano, foncent sur le quai vide afin de repérer si la voie est libre... Comme ça, c'est mieux...

Nous continuons d'avancer, Diano et moi... Maintenant il va au trot, son nécessaire sous le bras... Sacrebleu, pourquoi a-t-il une telle frousse ? Il sait bien que les roussins sont là... Alors ? Que redoute-t-il ? Les autres ?

Soudain, comme il traverse une zone de

lumière, un éclair déchire la nuit [1]. Une détonation très faible ponctue cet éclair et Diano culbute comme s'il venait de rater la bordure du trottoir.

J'arrête mon carrosse et je saute de la guinde en sifflant dans mes doigts... Je m'approche du corps inanimé. Diano a morflé une praline en plein bocal. Ça lui a fait sauter la calotte et sa bouille ne ressemble plus à grand-chose de présentable. Il est mort comme un filet de hareng.

Je me redresse au moment où arrive en trombe la bagnole de mes deux cascadeurs. Bérurier en jaillit. Il a un pan de sa chemise passé par-dessus son pantalon et son chapeau cabossé lui donne l'air d'un épouvantail en vacances.

— Merde, ils l'ont buté ! brame-t-il de cette voix forte et basse qui lui a valu des propositions de la Scala de Milan.

— Le coup de feu est venu du côté de la Seine, lancé-je... Garde le corps... Charvieux, fonce jusqu'au pont pour pouvoir examiner la berge...

N'écoutant que mon courage, je dégaine mon P.38 et je file en direction de l'escalier conduisant à la Seine...

A une bonne distance de moi une ombre se profile... Cette ombre trace droit vers la flotte. Le

---

1. Rien ne se déchire plus facilement que la nuit.

meurtrier a-t-il envie de se buter, son forfait accompli ?

Non… Je pige la grosse astuce du Monsieur… Il savait qu'on filait le train à Diano et il s'est préparé une sortie de secours aux pommes… En effet, un canot automobile est accosté. Il saute dedans à pieds joints et lance le moteur avec une promptitude qui ferait la gloire de la Maison Johnson si elle était à faire.

Je lève mon pétard, mais le canot danse et zigzague… Les trois valdas que je distribue ne font que soulever des petits geysers blancs, à la surface du fleuve qui baigna Lutèce et qui arrose maintenant Paris. Le canot s'éloigne. Par un bol phénoménal pour moi, et un manque de pot catastrophique pour l'assassin, l'embarcation se dirige vers le pont que vient de rallier Charvieux…

Je sais ce qui va se passer. Charvieux a trois médailles de bronze et quatre en caramel galvanisé remportées dans des concours de tir au pistolet. Il pourrait s'engager au Métro pour poinçonner les tickets à coups de pétard si la poule se mettait un jour en chômage – ce qui semble bien improbable…

Comme le canot arrive entre deux arches du pont, deux détonations retentissent. Je vois le dinghy décrire alors une large courbe et aller se fra-

casser contre le flanc d'une péniche à l'amarre…
Puis plus rien…

En galopant je remonte sur le quai. Y a déjà un
drôle de populo. Vous le savez, les gens aiment le
sang, pas seulement sous forme de boudin grillé.
Dès qu'il y a de la viande morte quelque part, ils
accourent, ces têtes de condor ! Il leur faut du sai-
gnant. Plus ça coule à flots, plus ils se régalent…
Ça les excite ; le cirque ne leur suffit plus… Ils
veulent que ça se déchiquette, que ça explose, que
ça se disloque, que ça se désintègre sous leurs
yeux… Leur rêve, ce serait de voir fabriquer du
pâté d'homme… Ils seraient partants pour être
commis-charcutiers dans ce cas-là ! Des rillettes
de lampiste ! Des ballottines de notaire ! Des
pieds de champion panés ! Du foie d'homme
gras ! Et alors le fin des fins, le gros régal, le
festin suprême : des tripes de voisin aux fines
herbes !

Y me dégoûtent, ces nécrophages, ces scato-
phages ! Faut les voir se pousser du coude devant
une dépouille de semblable… Et de sortir des
bonnes astuces sur la tronche qu'il fait, ce tordu !

Ils se croient malins parce qu'ils sont vivants,
les vampires en pantoufles ! C'est la seule occasion qu'ils aient de se sentir moins c…

Le gros Béru refoule les charognards, aidé de

Pinaud que cet épisode de la guerre de Sécession a ramené dans le coin.

Je cramponne le sac de bain de Diano. A l'intérieur, il y a un gentil petit outillage de bricoleur. Pour un mec qui avait soi-disant dételé, ce n'est pas mal… Tout ça ne devait pas lui servir à réparer des réveille-matin, au rital !

A part les ustensiles, je ne trouve rien… Je me mets alors à fouiller les profondes du mort… Rien non plus ! Qu'est-ce que ça veut dire ? Il n'a donc rien chouravé ? Oh ! mais ça tourne de moins en moins rond !

V'là police secours qui se ramène, puis une ambulance… Je donne des instructions à ces messieurs et je vais rejoindre Charvieux au bord de la Seine, après le pont.

Là aussi on refuse du peuple… Ce sont les mariniers qui composent le plus gros du public. Ils font cercle autour d'un second cadavre tout mouillé qu'ils ont allongé sur les pavés ronds de la berge. Je regarde… Quelle surprise : l'ami Grunt !

Charvieux, un peu pâle, le regarde à distance.

— Fallait peut-être pas le farcir ? demande-t-il… Lorsque je vous ai vu tirer, j'ai cru que… Je hausse les épaules.

— Baste ! tu as bien fait. De toute façon il n'aurait pas parlé…

Il bredouille, Charvieux :

— C'est la première fois que… que je tue un
homme, m'sieur le commissaire…

Je comprends ce qu'il éprouve. Je sais pour
l'avoir vécu, ce moment-là, que ça fait une sale
impression. Tant qu'on s'exerce sur des cibles en
liège, ça boume. On est tout fier d'attraper le
cœur. Seulement quand on fait un vrai carton, ce
n'est plus du kif.

— Te casse pas le chou, mon petit vieux… Ce
mec-là avait plus de chance de claquer d'une balle
que des oreillons. Et puis dis-toi qu'il vient d'en
flinguer un autre !

Ayant de la sorte sommairement réconforté
Charvieux, je fouille itou les poches de l'espion.
Comme il fallait s'y attendre, elles sont vides de
tous papiers et ne contiennent que du fricotin…

Je me redresse, perplexe… Vous voyez que
j'avais raison de redouter quelque chose… Il y a
eu un drôle de tabac. Et ce casse-pipe n'a pas duré
plus de quatre minutes…

Maintenant, tout le quartier est dans la rue… Y
a des gnards qui se régalent avec les nanas en chemise de noye. Ça tourne à la kermesse galante !
Toutes ces bonnes truffes en pyjama ou bannières

étoilées ont des mines qui font penser. Ah ! elles sont *bath* les bergères avec leur valoche diploma- tique sous les yeux, leurs bouches décolorées, leur peau soufrée et leurs surplus américains qui font du saut à basse altitude. Drôlement tentantes, ces dames, quand elles se réveillent en sursaut, la frime encore luisante de démaquillant ! Y a de quoi courir se faire inscrire à la Joyeuse pédale des petits marins bretons ! Sous la présidence d'honneur d'André Clavette !

Comme disait un de mes amis de Rennes : je l'aime bien parce qu'il est vilaine[1].

Je pousse un coup de gueule, manière de faire calter les visiteurs du soir.

— Allez vous coucher, mesdames, messieurs, la représentation est terminée… La suite demain, dans votre journal habituel…

Comme on emmène les allongés, les gens retournent se pager. Marrant, l'idiotie de la vie… Y en a qui vont se faire reluire avant de dormir… Des êtres naîtront de ce réveil en sursaut ! Ça ne vous fout pas les jetons, à vous, cet immense malaxage d'individus ?… Non, bien sûr, vous êtes peinards derrière votre bêtise ; y fait bon dans votre

---

1. D'accord, c'est du Vermot, n'empêche que c'est pas tout le monde qui pigera.

intellect… Air conditionné, confort moderne, eau courante ! Quand vous essayez de penser, ça fait du bruit dans votre calebasse comme lorsque vous bouffez des cacahuètes !

— Alors, programme ? demande le gros Bérurier…

Son nez est plus énorme, plus violacé que jamais… Il pue comme une grève de la voirie et il a une joue plus grosse que l'autre.

— T'as une joue enceinte, Gros, observé-je… Tu chiques ou quoi ?

Il commence par éternuer, ce qui me donne l'impression de jouer le cinquième principal rôle dans *Bourrasque*…

— Je fais un début d'abcès, explique-t-il…

— Un début ! Tu veux dire une fin d'abcès. Toute ta vie a été un apostolat au service de l'abcès. Tu as donné à celui-ci sa forme la plus véhémente et la plus volumineuse…

Il me regarde avec l'air incrédule d'un bœuf qui assisterait à une corrida.

Ses bons yeux me fustigent. Son regard est gluant comme un caramel sucré.

— Comment peux-tu débloquer en un pareil moment ! soupire-t-il…

— C'est de l'autodéfense…

» Bon, arrivez, les archers, il va y avoir du

turbin cette nuit… Je vous promets des divertisse-
ments de qualité…

— Où qu'on va ? demande Béru.

— A l'usine Vergament.

— Maintenant ?

— Tu sais ce qu'on dit ? Y a pas d'heure pour
les braves, à plus forte raison pour des minables
de ton espèce !

CHAPITRE III

Le gardien de l'usine est sur le pas de la porte qui regarde avec un intérêt non dissimulé le brouhaha de la chaussée. Cette bonne bille ignore qu'il a reçu une visite il y a un instant. Je lui fonce dessus.

— Police !

— Je n'ai rien vu, se défend instantanément le pégreleux…

Vous connaissez ce genre de tordus ? Ils vous jouent la muette *mordicus*. La peur des responsabilités, quoi ! Air connu…

— Je ne vous parle pas de l'attentat qui vient de se produire sur le quai, mais du cambriolage dont vous venez d'être victime dans l'usine !

Alors là, il manque d'oxygène, le monsieur la ronde de nuit ! Faudrait lui souffler dans les trous de trous en lui faisant faire des mouvements de bras.

— Le quoi ? s'égosille-t-il.

— Le cambriolage…

— Vous plaisantez ?

— Ça m'arrive parfois, mais pas en ce moment… Laissez-nous entrer…

Alors v'là ma ganache de veilleur qui se fout en renaud. C'est un type bilieux, très ulcère du pylore… Il a la cinquantaine, un penchant pour le juliénas en général et pour le cru des Capitants en particulier… Et un regard à demander le billet des gens en compagnie de qui il voyage, sans être contrôleur.

— Impossible, messieurs ! Ici c'est un établissement travaillant pour la Défense Nationale !

— Je m'en fous, réponds-je fort aimablement. Que vous grattiez pour la Défense Nationale ou pour la défense d'afficher, c'est pour moi du pareil au même… Je veux voir le coffre…

— Il se trouve dans le bureau particulier de monsieur le directeur et je n'en ai pas la clé !

— Je vous parie que la porte est ouverte…

Il hausse les épaules.

— Messieurs, je suis obligé d'en référer à monsieur le directeur…

— Eh bien ! Référez-en !

Il nous fait entrer dans son igloo près de la lourde. C'est un poste comprenant deux pièces.

Dans la première, il y a les accessoires indis-

pensables à son office, à savoir : une table, deux
chaises, un litre de rouge et un jeu de cartes…
Plus une torche électrique et le dernier numéro du
Chasseur Français. Il y a un téléphone sur une
tablette.

Il compose un numéro sans nous lâcher d'un
regard lourd comme un sac de sable.

Pinaud et Bérurier louchent sur le kil de rouquin… Je leur fais les gros yeux et ils abandon-
nent les projets qui brillaient dans leurs prunelles.

— Allô ! Pourrais-je parler à monsieur
Montfort ? dit le veilleur…

Ce doit être une bonniche qui répond et qui fait
le barrage. Le gardien ajoute, important :

— Prévenez-le coûte que coûte, c'est de la part
de Maheu, de l'usine… La police est là… On
attend un brin. Bérurier éternue si fort que la
fenêtre s'entrouvre. Enfin l'intéressé radine au
bout du tube. V'là le gardien lancé dans des explications fumeuses. Ces gars ne savent jamais rela-
ter les faits les plus simples. Il faut qu'il se paume
dans des détails superfétatoires… Agacé, je lui
arrache le combiné de son piège à engelures.

— Allô ! Ici le commissaire San-Antonio, des
services spéciaux… Bonjour, monsieur le directeur… Je m'excuse, mais il est indispensable que

vous veniez immédiatement ici. J'ai tout lieu de supposer qu'on vous a cambriolé.

Le gars pousse un cri exclamatif et dit qu'il s'annonce. Je raccroche...

Le visage ingrat de Maheu exprime un cordial mépris.

— Cambriolé ! bougonne-t-il... Ça se saurait... On est deux gardiens qu'on fait not' ronde toutes les heures, alors !

Du tac au tac, j'interroge :

— Et où qu'il est, m'sieur, vot' copain ?

— Il fait la sienne de ronde...

— Il va revenir à quelle date ?

Ça paraît chanstiquer ses hormones mâles.

— C'est vrai, fait-il, rembruni comme un ciel de novembre, il devrait être de retour...

— Il y a combien de temps qu'il est parti ?

— Une petite demi-heure...

Je réfléchis comme un miroir à trois faces.

— En somme, il y a une heure, vous étiez tous les deux là ?

— Oui...

— Un homme est entré, comment se fait-il que vous ne l'ayez pas vu ?

— Personne est entré !

Ses manières de casseur d'assiettes commencent à me cogner sur les rotules.

— Ecoutez, mon vieux saint Thomas, si je vous dis qu'un homme est entré, c'est que je le sais ; et je le sais parce que je l'ai vu... Il s'est même fait descendre à la sortie... Vous êtes un petit futé, vous, dans votre genre... En pleine nuit on abat du monde devant l'usine, ça vous paraît presque naturel et vous ne voulez pas admettre qu'on ait cambriolé cette taule !

Ce petit discours de la méthode lui en impose.

— Je n'ai rien entendu... Quand on ouv' la porte, de nuit, y a un signal d'alerte...

Il me désigne un système d'avertisseur, et je le vois pâlir. Sa bouille plate ressemble d'abord à la lune, puis à une tarte à la crème. Et cette crème-là, j'ai grande envie de la fouetter.

— Le système est débranché !... balbutie le gardien.

— Vous voyez bien que ça ne tourne pas rond.

— Pourtant je l'avais branché moi-même...

— Reprenons la question ; il y a une heure, votre collègue et vous-même vous vous teniez dans cette pièce. Si j'en crois ce jeu de cartes, vous tapiez une petite belote, non ?

— Ben, oui... En attendant que ça soye son tour...

— Où étiez-vous assis, vous ?

Il me désigne la chaise qui tourne le dos au portail.

— Là !

— C'est bien ce que je pensais…

— Qu'est-ce que vous pensez ? demande l'homme de la nuit…

— Ce serait trop long à vous expliquer…

Je me tourne vers mes deux collègues qui n'ont pas moufté une seule fois, ce qui est insolite lorsqu'on connaît ces messieurs.

Je pige la raison de leur mutisme. Ils ont réussi à capturer sournoisement le litre de rouge et, dans un coin de la pièce, ils lui font un mauvais sort.

Un coup de klaxon retentit dehors. Le père Maheu boutonne sa veste d'uniforme.

— Voici monsieur le directeur, me prévient-il en galopant ouvrir.

Montfort – ça se pige *illico* – est un gnace de la haute. On le comprend à sa Jaguar, à son pardessus et surtout à sa calvitie.

Car une calvitie est toujours éloquente. D'après son aspect, sa texture, sa géographie, son importance, son entretien, son incidence, sa périphérie, vous savez si le calvitié est un homme du peuple ou du monde. Il existe mille sortes de calvitie… La totale, la modeste, l'hypocrite, l'intellectuelle, la cléricale, l'anticléricale, la calvitie hydrocéphalique, et brachycéphalique, l'oblongue, la circulaire, la teutonne, la calvitie à la pomme d'escalier, à l'américaine, à la mongol, à la fesse de poulet, à la tête de pinceau usagé, à la tête de neutre, à la tête des autres, à la tête de veau (avec lotion au vinaigre)… Sans parler de la calvitie à la Grock, en pain de sucre, en suppositoire, en ananas… Ni de la calvitie en forme d'ampoule (façon Wonder) ou de la calvitie en accordéon (réalisation Robert Schumann – le gars qui connaît la musique)… J'en passe et des meilleurs, comme se complaisait à le dire de sa voix mutine la petite baronne Tuchelingue du Prose ; pas la petite-fille du général Lavert-Jovent, non : celle qui avait une montre-bracelet tatouée sur la cuisse droite[1].

Toujours est-il que la calvitie de Montfort est de l'espèce Jockey-Club, c'est-à-dire qu'elle est signée Défossé comme Saint-Germain. C'est dire encore (et en outre, pour employer le langage des caravaniers) qu'elle est fignolée, rasée, brûlée, sulfatée, sulfamidée, polie, teinte, brossée, odorifé-

---

1. Dommage que je ne conserve pas mes brouillons à l'instar de la mère Sévigné, hein ? Du coup, je finirais dans le chocolat, moi aussi !

rante, antidérapante, vulcanisée, jaspée, marbrée, brunie… Les croûtes sont grattées, les taches de rousseur fourbies ; bref, c'est de la calvitie *number one* ; celle de l'élite. Il faut avoir, dans ses ascendants, plusieurs générations de croisés, de mousquetaires, de prélats, de concubines royales (L'avariée est trop belle !) d'amiraux, de contre-amiraux et de ganaches[1] pour arriver à une telle perfection dans l'art d'avoir la coupole défrichée !

Il me toise, m'apprécie et me tend une main fraîchement dégantée de pécari.

— Alors, monsieur le commissaire, que se passe-t-il ?

— J'ai tout lieu de croire qu'on a tenté de piller votre coffre.

Il se tourne vers le gardien. Le mec a perdu de sa superbe. C'est le vrai coussin ravagé (assieds-toi sur Maheu et causons !)

— Qu'est-ce à dire, Maheu ? fait Monfort-la-Morille.

— Je n'y comprends rien, monsieur le directeur… Le signal d'alerte a t'été débranché…

— Où est Bourgès ?

— Il fait sa ronde…

Pourquoi le chant naïf d'une ronde enfantine

1. Excusez-moi quand je fais des pléonasmes.

vient-il me titiller les trompes d'Eustache, « *Ron-din, picotin, la Marie a fait son pain…* »

— Vous voulez me suivre jusqu'à mon bureau, monsieur le commissaire ?

Je n'attends que ça !

Nous voilà partis en caravane, Montfort, mes deux pieds nickelés et le fils unique de Félicie. Nous traversons une grande cour encombrée de matériaux aux formes bizarroïdes. Puis nous passons un bâtiment assez vaste, peuplé de machines-outils dont l'utilité me paraît indéniable mais imprécise… Enfin ce sont les bureaux… Conception moderne : de la vitre, du haut en bas, dépolie par endroits…

Nous parcourons des couloirs martiens, aux meubles futuristes… On se croirait dans une soucoupe volante. Nouvelle enfilade. Puis Montfort sort de sa poche une clé dont il n'aura pas à faire usage car la porte de son bureau est incomplètement fermée.

— Mon Dieu ! s'écrie-t-il en chargeant à la calvitie dans une pièce tendue de peau de zébu.

Il cavale comme un gars ayant subi avec bonheur la périlleuse ablation da la rate jusqu'à un immense coffre mural. La porte d'icelui bée. Montfort en fait autant. Pinaud, épuisé par les péripéties de la nuit et qui se fout du cambriolage de l'usine comme de sa première dent gâtée, s'abat dans un fauteuil pivotant comme une mouette épuisée sur un récif.

— Ils ont emporté les plans, hurle le calvitié distingué...

Bon, c'est au valeureux commissaire San-Antonio de jouer.

— Quels plans, monsieur le directeur ?

— Ceux de l'Alizé 3...

— Vous pensez bien que j'ignore tout de l'Alizé en question... Mais d'après son nom, je suppose qu'il s'agit d'un engin tsoin-tsoin[1].

Je pose des questions classiques, presque routinières, parce qu'il faut un début à toute enquête.

— Qui avait accès au coffre ?

— Deux de mes ingénieurs et moi-même... Je m'absente souvent, les deux ingénieurs en question possédaient la combinaison car ils avaient besoin des plans pour la direction des travaux.

— Qui sont-ils ?

— Messieurs Conseil et Bolémieux...

— Leur adresse ?

Il me les communique et Bérurier note ça sur

---

1. Tsoin-tsoin : locution intraduisible en français. A l'origine elle ne se parlait pas mais s'éternuait. C'est à la suite de la découverte d'Aspro qu'elle a fait son apparition triomphante dans le langage courant.

un carnet qui lui fut gracieusement offert par une marque d'apéritif.

— Bolémieux est en vacances, je vous le signale, déclare le directeur.

— Depuis longtemps ?

— Deux jours… Il a assuré la permanence cet été…

— Je pense que vous avez les doubles des plans ?

— Certes, ils sont déposés dans une banque. Mais la disparition de ces documents est une catastrophe pour notre pays, d'autant plus qu'on n'a pas volé que les plans, mais aussi la maquette, petit modèle du prototype… Or cette maquette est essentielle ! Je ne veux pas entrer dans des explications techniques, monsieur le commissaire, mais l'intérêt de ce nouveau modèle d'avion réside principalement dans la possibilité de décollage à la verticale.

Je m'approche du fauteuil pivotant dans lequel Pinuche en écrase. Parce qu'il est dans une usine d'avions, il ronfle comme l'escadrille Normandie-Niémen. Je chope un bras du fauteuil et imprime à ce dernier un violent mouvement de rotation dans le sens inverse de celui des aiguilles d'une montre de fabrication suisse.

Pinaud est propulsé sur la moquette du burlingue, épaisse comme un édredon. Il se réveille en grommelant des choses incertaines relatives à son âge certain, si peu pris en considération par ses cadets.

— Béru et toi, vous allez visiter les environs, lui dis-je... J'aimerais parler au gardien qui n'est pas revenu de sa ronde, en admettant qu'il puisse encore s'exprimer...

Montfort a un sursaut qui déplace son troisième et avant-dernier cheveu.

— Vous pensez que ces crapules l'ont assassiné ?

— Ça ne me paraît pas impossible... Mais je ne crois pas, à la vérité.

Sortie de mes deux acolytes sur l'air de Laurel et Hardy. Le directeur s'abat dans un fauteuil non pivotant et se prend la rotonde à deux mains.

— C'est épouvantable, soupire-t-il. Il paraît sincèrement atterré.

Je ne dis rien. Il est trop tôt pour que je baratine... Il redresse son beau visage d'aristocrate essoufflé et tend la main vers le téléphone. Je stoppe son geste.

— Je vous demande pardon, monsieur le directeur, qui voulez-vous appeler ?

— Mais, Conseil, mon collaborateur... Je préfère l'informer du désastre plutôt que de lui laisser apprendre ça par les journaux…

— N'en faites rien, je l'avertirai moi-même…

Mon interlocuteur me regarde avec indécision. J'enchaîne, rapide :

— Il est indispensable que je contacte tous les gens ayant accès au coffre, comprenez-vous ? Il n'insiste pas… Par contre, je me sers de son cornichon pour affranchir le Vieux des événements de la nuit. Il est drôlement commotionné, le Boss ! C'est la grosse tuile pour lui ! Quand le ministre va savoir que le vol et le meurtre se sont opérés sous nos yeux, et quasiment avec notre bénédiction, il va becqueter son portefeuille ou bien le refiler à un autre, plus toquard que lui. En matière de ministères, c'est comme au rugby : il faut toujours faire les passes derrière soi.

A l'instant précis où je raccroche, mes boy-scouts radinent, portant un gars inanimé.

— Bourgès ! s'écrie le directeur en devenant pâle comme une calotte glacière.

Bérurier et Pinaud allongent le mec sur la carpette. L'arrivant horizontal est un grand type maigre, au nez en bec de perroquet.

Il a dans les trente piges, il est blond sale tirant sur le roux et quand il rouvre les carreaux, je constate que ceux-ci sont noirs.

Il bat des paupières…

— Il était dans le bout du couloir, explique Béru qui en a vu d'autres, beaucoup d'autres, et des plus défraîchis !

— Que vous est-il arrivé, Bourgès ? demande le directeur…

Le gars pousse un gémissement qui fendrait le cœur d'un percepteur de contributions directes.

— Ma tête ! balbutie-t-il… Ma pauvre tête…

J'examine ladite pauvre tête et je n'y décèle rien de suspect, pas même une bosse.

— On vous a assommé ? questionné-je.

— Oui… Je passais dans le couloir… Tout d'un coup, j'ai ressenti un coup terrible derrière ma tête, puis plus rien…

— Mon pauvre Bourgès, s'apitoie le directeur avec la sincérité d'un bradeur de bagnoles d'occase…

— Qu'allez-vous faire ? me demande-t-il.

— Conduire cet homme à l'hôpital, dis-je… Ensuite je commencerai mon enquête… En attendant, monsieur le directeur, je vous prie de regagner votre domicile et de ne parler de ceci à personne avant demain…

Il est de plus en plus déprimé.

— Comme vous voudrez, monsieur le commissaire...

Et le cortège s'ébranle.

Dans le poste de garde, Charvieux tient compagnie au gardien Maheu après avoir expédié les défunts à la morgue. Je lui dis de finir la nuit ici pour réceptionner les gnards de l'identité, ceux du labo, ainsi que les journaleux qui ne manqueront pas de ramener leur fraise.

Puis je gagne ma voiture. Finaud monte à l'arrière avec le malheureux Bourgès... Je me glisse au volant, flanqué de Bérurier.

— Avant d'aller à l'hôpital, dis-je au blessé, il serait bon de prévenir votre famille, non ?

— Je vis seul, soupire-t-il.

— Je tiens tout de même à prévenir votre concierge, la presse va se précipiter chez vous au petit matin, et je ne veux pas que cette dame débloque trop, vous comprenez ?

— J'habite rue de Vaugirard, au 7...

— Quel étage ?

— Troisième...

— Ça ne vous ennuie pas qu'on fasse le crochet ?

— Non, je me sens mieux… Ce n'est peut-être pas la peine d'aller à l'hôpital ?

— Après un traumatisme pareil, il vaut mieux faire une radio… Ça peut avoir des conséquences…

Je fonce à tombeau entrebâillé sur le Luxembourg. Moins d'un quart de plombe plus tard, je stoppe devant le 7 de la rue de Vaugirard. Le porche est béant, car la porte vétuste ne doit plus avoir le courage de se fermer.

L'ayant franchie, je m'élance dans un escalier branlant jusqu'au troisième. Une fois là, j'utilise mon sésame, grâce auquel, vous le savez déjà, je peux ouvrir n'importe quelle serrure. Et me voilà dans la carrée de Bourgès.

Elle ressemble à des gogues publics. Une entrée, une chambre, une cuisine exiguë… Le tout en désordre…

Dans la cuisine, se trouve un Himalaya de vaisselle non lavée, et dans la chambre, le méchant lit de cuivre a des draps qu'on ne pourrait pas utiliser comme drapeau blanc pour aller faire sa reddition. On vous prendrait plutôt pour un corsaire !

Je me plante au mitan de la chambre, perplexe. En ce moment, les gars, j'sais pas si vous vous êtes rendu compte, mais je suis aussi survolté que le zig de Sing-Sing à qui on dit : « Asseyez-vous, on va vous mettre au courant ! »

Mon renifleur est du genre radar, dans ces cas-là.

Je vais droit au pageot et j'arrache le matelas avec sa literie. Ensuite je soulève le sommier. Sous l'une des traverses de ce dernier, il y a un paquet assez petit, fait dans du papier d'emballage. J'ouvre et je découvre cinq cent mille francs en coupures « Bonaparte-manchot ».

Je refais le laxompem hâtivement et le glisse dans ma *pocket*. Après quoi, je mets les adjas en souplesse…

— Voilà, dis-je en reprenant ma gâche au volant, j'ai fait la commission…

Bourgès se force à sourire… Sa caboche doit être douloureuse, car il n'y parvient pas très bien.

Je retraverse la Seine pour mettre le cap sur la Maison Parapluie. Bérurier, dont l'idiotie est reconnue d'inutilité publique, demande :

— Mais à quel hosto qu'on va ?

Un coup de latte dans son tibia gauche lui arrache une clameur porcine et il se dégrouille de boucler son appareil à débiter des couenneries.

Nous pénétrons dans la cour. De nuit et à la rigueur, celle-ci peut fort bien passer pour celle d'un hôpital. Je connais même des hôpitaux plus sinistres.

— Vous pouvez marcher seul ? je demande.

Le gardien opine de la tête.

— Je pense…

S'il pense, c'est donc qu'il est[1] ! Toujours escorté de mes archers, je l'entraîne dans mon burlingue. C'est seulement dans le couloir sur les portes duquel on lit « Commissaire Untel » ou « Bureau des inspecteurs » qu'il commence à se dire que cet hosto n'est pas comme les autres.

Je délourde ma porte et donne la lumière.

— Entrez, vous êtes chez vous, fais-je au Bourgès mal nourri.

Il est un peu flageolant. Béru, qui a compris, le fait asseoir sans aménité dans un fauteuil sans crin.

— Comment ça va, cette pauvre tête ? demandé-je cordialement…

Il est trop abasourdi pour répondre.

Pinaud se met à rouler une cigarette, adossé à la porte. Ça équivaut à jeter une pincée de tabac à terre. Je n'ai jamais pigé pourquoi ce vieux déchet ne fumait pas carrément son Job gommé.

Bérurier rejette la bouillie de feutre moisi qu'il

---

1. Vous voyez, je suis comme les maraîchers : je fais étalage de ma culture. C'est beau, la langue française. Si elle n'existait pas, je crois que j'aimerais mieux faire des dessins !

a baptisée « chapeau » une fois pour toutes, sur l'arrière de son front de bœuf.

Un silence complet – ou presque – s'établit dans le bureau. On entendrait penser Brigitte Bardot. Bourgès Monoprix, intimidé, pose sur mon agréable physionomie des yeux troubles. Il a les flubes, c'est visible.

— Drôle d'affaire, hein ? lui dis-je… Deux hommes sont morts et vous avez bien failli y passer aussi…

A grand-peine, il décolle sa langue de son palais rose pour proférer un « oui » inaudible.

Alors, un brin théâtral, je tire de ma vague le paquet prélevé sous son sommier. En l'apercevant, il verdit, le Trouvère [1].

— Ça te la coupe, hein, mon bijou ? demandé-je…

Je rouvre le pacson et je me mets à jouer avec l'artiche.

— C'est tes éconocroques, ça ?

— Oui… je voulais m'acheter une quatre chevaux..

— Attends d'être sorti de taule, dis-je en déposant le fric sur mon bureau, les bagnoles, sur cales pendant quatre ou cinq ans, ça ne vaut plus grand-

---

1. Si pas mélomane, s'abstenir !

chose. Sans compter qu'à l'Argus sa cote aura dégringolé...

— Mais... Je...

— Oui, mon grand, *tu* ! Tu nous as pris pour des crêpes et *tu* t'es filé le doigt dans le viseur ! Ton histoire est cousue de fil blanc. Je vais te raconter ce qui s'est passé. On t'a casqué une demi-brique pour que tu coupes le signal et que t'amuses ton collègue pendant que le malfrat pénétrait dans l'usine... Puis t'es allé faire ta petite ronde, gamin ! Et t'as chiqué au type estourbi... Je me trompe ?

Il regimbe avec l'énergie du désespoir.

— Mais ce n'est pas vrai ! Je le jure !

— T'as pas à jurer : t'es pas témoin, mais accusé !

— C'est honteux, de me traiter comme ça... Moi qui souffre de la tête !

— On va te faire une radio, comme promis...

Je m'adresse à Béru, grand spécialiste de la Question[1].

— Fais une radio à monsieur... Je crois qu'une télescopie suffira !

Le Gros masse ses phalangettes couvertes de poils de porc.

---

1. Je suis le bourreau du jeu de mots !

— Voilà, expose-t-il succinctement : ou tu te mets à table, ou tu dégustes !

— Mais je ne sais rien ! On m'accuse à tort !

Il n'a pas le temps de terminer. Béru vient de réussir un uppercut imparable qui soulève l'autre de son siège. Il s'écroule sur le plancher, gémissant. Le Gros se baisse, saisit la cravate du copain et utilise cet élément vestimentaire pour relever Bourgès-Malempoint. Le gardien n'a pas pu garder son oxygène. Il donne dans les tons évêque et ses gobilles lui sortent des coquilles comme deux escargots sollicités par l'averse printanière.

Sans lui donner le temps de reprendre son souffle, le Gros lui met un coup de remonte-pente dans le bas-bide avec son énorme genou.

C'est recta. Tous les gars à qui on fait ça s'en vont dans le sirop. Bourgès-Montreuil s'écroule… Pinuche s'approche de lui et le regarde attentivement.

— Il ressemble à mon neveu, le photographe, déclare-t-il… Tu sais, San-Antonio, celui qui est établi à Clermont-Ferrand ! Son père était lieutenant de gendarmerie dans l'Ardèche…

Ça, c'est tout Pinuche. Dans les instants dramatiques, faut toujours qu'il vous raconte sa famille. Des fois même ce sont les humeurs froides de son voisin du dessous qui y passent !

— Tu lui as mis une dose pour grande personne, fais-je à Béru en désignant le gardien… Il va se réveiller l'année prochaine.

Le Gros hoche sa noble tête en cœur de chêne.

— Attends, je vais le ranimer…

Il enlève la cigarette de la bouche de Pinaud et l'applique sous le nez de l'inanimé. C'est de la thérapeutique de grande classe. Voilà notre victime qui se met à suffoquer et qui rouvre ses lucarnes.

— Tu vois, exulte la grosse enflure… C'est radical et même radical valoisien !

Heureux de cette saillie –ce sont les seules qui lui soient permises ! – il carre Bourgès-Maldétruit dans le fauteuil.

— Je pense que t'as pigé ta douleur, fait le Gros… Si tu veux, je vais continuer, l'artiste est nullement fatigué… Je peux même te faire la manchette bulgare si tu la connais pas…

— J'avoue, soupire l'homme.

Et, d'une voix hachée menu[1], il déballe son paquet de linge sale. Oui, il a été contacté par un type qui lui a promis une brique pour couper le

_____

1. Lorsque votre voix est hachée menu, ajoutez-y un jaune d'œuf, du sel, du poivre et un filet de vinaigre. Puis exposez-la en plein soleil pour avoir une voix napolitaine ou bien descendez-la à la cave si c'est d'une voix de basse que vous rêvez.

contact, distraire son collègue… et fermer les yeux. Il a touché la moitié de la somme comme à-valoir, et on devait lui apporter l'autre moitié.

On lui montre la photo-archive de Grunt. Il reconnaît l'espion. C'est bien lui qui a soudoyé le gardien…

— T'as eu de la chance qu'il n'ait pas l'occasion de t'apporter l'autre moitié de tes émoluments, dis-je à Bourgès… C'était pas cinq cent mille balles qu'il allait te remettre, mais une seule ! Il n'aimait pas les témoins, ce monsieur…

J'insiste un peu (par le truchement du Gros) pour savoir si le gardien en sait plus qu'il n'en dit. Mais il jure que non et je suis assez porté à le croire. Grunt n'était pas l'homme à mouiller ses collaborateurs… ou ses chefs. Il était chargé de la partie « public relations »… C'est ainsi qu'il a contacté Diano et Bourgès…

— Enchristez-moi ce tordu ! fais-je à mes « subadernes ». Et pioncez un moment dans le bureau pendant que je vais voir le Vieux… Tout de suite après, on repart sur le sentier de la guerre !

— Cette nuit ! Mais il est deux heures du matin ! larmoie le lacrymal Pinaud…

— Il faut battre le fer pendant qu'il est chaud, rétorqué-je non sans à-propos.

Sur ce, je demande si le Vieux est en état de me recevoir.

Il l'est.

Je vous l'ai souvent dit, ce qui m'épate le plus, chez le Vieux, c'est la faculté qu'il a de se trouver toujours dans son burlingue, à toute heure du jour et de la noye dans les cas graves. Je me suis laissé introduire dans le tuyau acoustique que ses appartements se situeraient dans la rue voisine et qu'il aurait fait aménager une issue spéciale afin d'aller de ceux-ci à son atelier lorsqu'il y a urgence. Sa vie privée ressemble à une panne de lumière. Personne ne sait rien d'elle et même on en est à se demander s'il en a une.

Côté gonzesse, nibe ! On ne l'a jamais rencontré avec une pétasse. Bref, c'est pas un homme, c'est un dictaphone ! Y a des moments où je souhaiterais lui amener dans son burlingue Sophia Loren à poil, manière de voir ses réactions en face d'une dame affligée d'hyperplasie mammaire.

Pour l'instant, il n'est question de rien de tel. Hélas ! Parce que, soit dit entre nous et les œuvres complètes du ministère des P. et T., voilà trois jours que j'ai eu le temps de psychanalyser une souris… Pourtant j'en aurais long à lui dire sur le comportement de mon moi second et le dépassement de mon individu. Trois jours ! Vous mordez la distance sidérale qui me sépare de la volupté…

Le Vieux, cravaté, récuré, boutondemancheté est là, le fignedé contre le radiateur comme toujours lorsqu'il attend quelqu'un.

Je le salue d'un geste mou.

A peine cette position acquise, il me bondit sur le poiluchard.

— Du beau travail, n'est-ce pas, San-Antonio ?

Non, sans charre, le v'là qui cloque ses fausses manœuvres à mon actif ! Elle est chouette, celle-là ! Faudra que je la replace dans un compartiment de fumeurs !

— Oui, dis-je en le biglant droit entre les deux yeux, je pense que vous n'auriez pas dû préconiser l'attentisme.

Il avale ça comme de l'huile de ricin. Puis sa grimace disparaît. Il est honnête et sait par conséquent reconnaître ses erreurs, même s'il ne les a jamais vues.

D'un ton radouci, il tranche :

— Bref, où en sommes-nous ?

Moi, paisible comme la cervelle d'une starlette,

je croise mes bonnes mains laborieuses sur mon ventre.

— Le second gardien vient d'avouer sa partici-pation dans le sabotage des signaux… C'est Grunt qui l'a soudoyé…

— Et ça nous mène à quoi ?

— A rien. Ça éclaircit un point de détail, voilà tout !

— Alors ?

— Faisons le point, chef, si vous le voulez bien… Prenons les choses par le commencement : nous avons un spécialiste des coffres nommé Diano, réfugié en France, sur lequel l'espion Grunt fait pression afin de lui faire commettre un vol à l'usine Vergament.

— Exact, admet le Vieux.

Le contraire prouverait de sa part une drôle de perte de vitesse dans la gamberge.

— Diano essaye (ou feint d'essayer) de se soustraire à l'ultimatum… Peu importe qu'il ait été ou non le complice de Grunt… Puis, sur notre propre conseil, il accepte !

Le patron continue l'édification de ce mur dont chaque moellon serait une idée.

— Grunt savait que nous laisserions faire, parce que c'était le seul moyen de ne pas rompre la chaîne nous conduisant à l'Organisation.

Boum, servez chaud ; le chauve[1] vient de trouver, mine de rien, le moyen indirect de se justifier à mes yeux. Il poursuit.

— Diano fracture le coffre…

— Et ne vole rien, terminé-je, pertinemment.

Il reste avec un sourcil relevé.

— Comment, rien ? Le coffre était vide, m'avez-vous dit ?

— Oui, mais les poches de Diano l'étaient aussi… Or je ne l'ai pas perdu de vue depuis sa sortie de l'usine. Il n'aurait pu se défaire des plans et de la maquette. C'est *im-pos-sible*.

— Et avec le concours du gardien Bourgès ?

— Non. Ce dernier est un *minus*, tout juste bon à supprimer l'avertisseur… Il m'a tellement mal joué la comédie de l'homme assommé que je n'ai pas douté un seul instant de sa culpabilité. Jamais un renard comme Grunt n'aurait confié des documents aussi importants à cet individu médiocre !

Le Vieux chasse une poussière de son revers, puis il introduit l'ongle en amande de son médius dans le conduit auditif de son oreille gauche…

— Vous devez avoir raison, reconnaît-il, une fois cette double opération menée à bien.

---

1. N'est pas chauve qui peut ! Toujours du Vermot, bien frais, bien parisien.

Il se tait un instant pour admirer le reflet élégant de ses manchettes.

Puis il reprend, de sa voix soyeuse qui fait penser à un ruisselet coulant dans les hautes herbes :

— En somme, pour résumer la situation, on a forcé Diano à ouvrir un coffre vide et on l'a assassiné avant de le revoir. Ce meurtre prouve bien qu'on était certain qu'il ne possédait pas les plans !

— Oui, oui, fais-je, captivé. Et on l'a tué pour qu'il ne puisse pas nous dire que le coffre était vide...

— Exactement.

On joue au tennis, le Vieux et moi. Pour se renvoyer la balle, nous sommes de vrais champions. A nous la Coupe Davis !

— Mais pourquoi toute cette mise en scène puisque les plans avaient disparu « avant » le cambriolage ? Pourquoi attirer l'attention des Services ? Pourquoi tuer gratuitement un homme ! s'exclame le Boss en se massant la colline.

Je souris.

— J'ai ma petite idée là-dessus, patron...

— Quelle est-elle ?

— *Ceux qui ont pris les plans avaient accès au coffre d'une façon normale. Seulement, s'ils s'étaient sucrés carrément du fait qu'ils aient l'accès au coffre, nous les aurions immédiatement soupçonnés. Il leur a donc fallu créer toute une psychose de cambriolage, vous comprenez ?*

Il fait claquer ses doigts. Son enthousiasme est très exceptionnel. Le Vieux étant d'ordinaire le genre de mecs à qui on peut mettre un pétard allumé dans le calcif sans lui voir froncer les sourcils.

— Vous tenez le bon bout, San-Antonio… En chasse, mon ami !

Son ami ! Alors là il se mouille, le Boss ! Bientôt il va me pincer l'oreille, façon Empereur, en me disant qu'il est content de moi.

La vanité est un puissant levier, comme disait Machin[1] ! Je me lève, galvanisé comme du fil de fer.

— J'y vais, patron !

Là, vous pouvez brancher la sonnerie de cors de chasse. Je vais faire cavalier seul !

Taïaut ! Taïaut !

— Vous me tenez au courant, naturellement, grince le Vieux.

— Naturellement, chef.

*
* *

1. Machin : frère de Chose et cousin issu de germain de Truc.

Lorsque je suis de retour dans mon burlingue, je trouve le célèbre tandem Pinuche et Béru en train de disputer un marathon de pionçage. Pour la dorme et le gros rouge, ils ne craignent personne. Y a longtemps qu'ils ont obtenu leur licence de professionnels.

Béru est assis dans le fauteuil éventré des inter-rogatoires. Il a les pieds sur sa table, le chapeau sur ses yeux, la bouche béante et les trous de nez en canon d'escopette. Très jolis trous de nez à la vérité, agrémentés de longs poils roux... Bien entendu, il a posé ses godasses et ses pieds fument comme un bourrin qui vient de se farcir le Prix de l'Arc de Triomphe ! Ses chaussettes sont trouées au talon, mais comme elles ont la bonne idée d'être noires, on s'en rend à peine compte.

Quant au Pinaud bien-aimé, il est à califour-chon sur une chaise et il en écrase sur ses bras repliés.

D'un mouvement sec, je tire la table à moi et les deux dormeurs des vaux[1] basculent.

Ils s'éveillent du même coup et se redressent en bramant comme des perdus que la vie devient impossible quand on a des supérieurs qui se

---

1. J'ai voulu faire un rappel, personne ne l'a sans doute com-pris, du *Dormeur du Val*. J'ai pensé que, vu la personnalité des dormeurs, un tel pluriel s'imposait.

croient encore au collège. Je leur enjoins de me suivre, ce qu'ils font en bâillant comme des serviettes de garçons de recette dévalisés.

Une fois dans le couloir, je tape sur l'épaule de Bérurier.

— Dis, Gros, tu devrais remettre tes pompes, on va dans le monde…

Il se marre en constatant cette omission et va chercher les deux godasses qui attendent sagement sous le bureau, comme deux mignonnes bouches d'égout en train de flirter.

Tout en le regardant lacer ses targettes, je soliloque :

— Dire que cette paire de lattes a été neuve et pimpante, dans une vitrine… C'est du soixante-quatre de pointure, comme le géant Atlas, n'est-ce pas, Gros ?

Il hausse les épaules.

Je continue à lui titiller la vanité.

— Ces pauvres souliers, quand même ! Ils ont tellement administré de coups de pied au derche dans leur carrière que, s'ils se déplaçaient seuls, ils marcheraient au pas de l'oie !

— Cause toujours, ronchonne Béru. Je te jure que lorsque viendra le jour de ma retraite, ils feront connaissance avec le dergeot d'un commissaire que je connais…

Je me fends le pébroque.

— Tu sais bien que le jour de ta retraite tu seras trop blindé pour pouvoir tenir debout. Faudra que mon soubassement vienne jusqu'à toi.

— Y me ferait peur, lance Bérurier…

— Pourtant t'as l'habitude de voir des c… depuis le temps que tu te regardes dans des glaces !

Ayant échangé ces mondanités, nous sortons. Pinaud s'est rendormi dans le couloir. Il pionce debout, comme les chevaux.

Je lui meugle dans les feuilles :

— La Motte-Picquet-Grenelle !

Il tressaille et grogne :

— Attendez, je descends là !

Trois heures s'égrènent une à une[1] au beffroi voisin lorsque nous stoppons devant la villa de Neuilly qu'habite Conseil, l'ingénieur en chef de l'usine. C'est une construction 1900 de style fromage avec du plâtre aux fenêtres et des chapiteaux corinthiens.

Elle est obscure et silencieuse. Nous arrêtons la

1. Ce qui est plus commode.

guinde non loin de là et, sans descendre de l'auto, nous tenons conseil.

— Y a l'air d'avoir personne, émet le perspicace Pinaud à qui rien n'échappe.

— Je vais m'en assurer, décidé-je... Vous deux, restez ici... Et si dans un an et un jour je n'ai pas reparu, vous pourrez aller réclamer ma carcasse à la morgue, je vous en fais cadeau...

Là-dessus, je les laisse et m'approche du pavillon. Près de l'entrée il y a un garage individuel fermé par une porte de bois basculante.

Ce vantail n'a pas basculé entièrement et je n'ai aucun mal à le soulever... Je me trouve nez à capot avec une voiture américaine d'un modèle assez récent. Je touche l'emplacement du moteur, ce qui me permet de constater qu'il est tiède. Conclusion : le proprio de la tire s'est servi de sa voiture depuis pas longtemps.

Renseigné sur ce point, je traverse le garage et pénètre dans la propriété par une petite porte. En deux bonds, je suis au perron, en deux autres bonds[1], je le gravis. Nouvelle lourde, fermée à la chiave, celle-là.

Grâce à sésame, je lui règle son compte en moins de temps qu'il n'en faut à certains produc-

---

1. Des bonds aussi extraordinaires que les bons du Trésor.

teurs de films pour signer un chèque sans provision. Me voici dans un hall éclairé par la lune. Au fond, un escalier de bois… Je monte précautionneusement, sans pouvoir empêcher les marches de craquer néanmoins.

J'avise une première porte à droite. Je l'ouvre et je braque le rayon de ma lampe de poche-stylo à l'intérieur. Il s'agit d'une chambre. Comme dirait Ponton du Sérail : en voyant le lit vide, je le deviens. Car au même instant je ressens un grand coup dans la région de ma nuque. Un froid d'acier… d'acier rond…

La lumière se met à briller à Jean Giono et je me permets une amorce de volte-face très mal prisée par le type qui tient le pétard.

— Ne bougez pas ! dit-il sèchement…

Il me palpe par-derrière et sort mon feu de ma poche. Il me pousse en avant d'un coup de genou.

— Allez vous asseoir dans le fauteuil, là-bas…

J'obéis. Ça me permet de me retourner et d'avoir un aperçu du monsieur. Il s'agit d'un homme d'une quarantaine d'années, petit et trapu, avec cheveux rares collés sur une tête bombée. Il a un pantalon, mais une veste de pyjama… Et sous sa veste de pyjama, il porte une chemise blanche.

Son regard est clair, grave… Ce zig n'a pas l'air commode.

Il s'approche du lit et je découvre un appareil téléphonique sur une table basse. Il décroche, tout en me couchant en joue et commence à composer un numéro.

— Qu'est-ce que vous faites ? lui demandé-je.

— Que croyez-vous que je puisse faire d'autre, sinon prévenir Police Secours…

— Comme vous y allez !

— Ah oui ! Vous n'allez pas prétendre que vous êtes venu ici en pleine nuit, avec un revolver en poche, pour me proposer des aspirateurs ?

— Peut-être pas des aspirateurs, non, monsieur Conseil, mais une denrée de plus grande valeur…

Je m'exprime avec un petit accent italien des plus réussis.

Il s'est arrêté de composer le numéro et me fixe de ses yeux glacés.

Au bout d'un temps assez long, il murmure :

— Expliquez-vous !

Ça n'a l'air de rien, mais ça prouve que le poisson rôde autour de l'appât.

Comme je tarde à répondre, il insiste :

— Qu'auriez-vous à me vendre ?

— Du silence, fais-je… C'est un truc qui n'a pas de prix dans certains cas…

Cette fois il est très, très mauvais.

— Je ne comprends pas…

— Vous allez comprendre, mon nom est Diano…

Mes enfants, je suis en train de jouer une partouze très compliquée et très dangereuse. Je me fie à un simple instinct et je me branche sur les commandes automatiques de mon individu, pour conduite sans visibilité.

— Diano ? murmure-t-il, sincèrement étonné.

— Le spécialiste dans l'ouverture des coffres blindés… C'est moi qui viens d'opérer chez Vergament !

Est-ce un rêve ? Toujours est-il que j'ai aperçu comme un frémissement sur son visage.

— Qu'est-ce que c'est que cette histoire ?

— Une histoire à mourir debout, monsieur Conseil… Quand j'ai eu ouvert le coffre vide, je me suis barré… Seulement ce salaud de Grunt m'a tiré dessus. Il a cru m'avoir. Heureusement je me suis jeté à terre une fraction de seconde avant qu'il ne m'envoie le sirop ! En définitive, la police qui rôdait par là a liquidé Grunt, ce qui est justice… Seulement, moi, il me restait du fric à toucher… Bourgès, le gardien, a aussi du fric à toucher… Heureusement pour moi, je me méfiais et j'ai chargé un copain de suivre Grunt. Il a pu, de la sorte, se rendre compte que vous étiez dans le coup !

La frime de Conseil s'est renfrognée. Il est pâle et respire entre ses dents serrées. Jamais un coup de bluff n'a aussi bien réussi…

Il réfléchit. C'est un Conseil de guerre que j'ai devant moi. Il passe en revue les données du problème, ce qui constitue un Conseil de révision, mais pas un Conseil désintéressé ! Je vais donc lui donner un Conseil d'ami[1].

— Le mieux que vous ayez à faire, c'est de carmer, Conseil. Sinon je vais tout cracher aux flics et vous serez chocolat avec les plans et la maquette. C'est un bon Conseil que je vous donne !

Et de rire, le San-Antonio… Mais pas longtemps, par exemple. Car c'est pas un mandat qu'il se propose de m'envoyer, ce fumelard, mais de la fumée ! Je plonge sur la carpette. Il était temps. La dragée me décoiffe ! Je fous un coup de rein dans le lit qui nous sépare. Ça le déséquilibre… Pourtant il réussit à ne pas tomber… Je me redresse et roule sur le pageot de manière à me retrouver dans ses quilles. Il tire encore… La seconde prune traverse le pan de ma veste… Il commence à me fatiguer le distributeur.

---

1. Si vous en trouvez d'autres, je suis preneur. Adressez toutes les propositions chez mon crémier qui fera suivre !

Je lui saisis le bras et je tire à moi. Nos deux tronches entrent violemment en contact, ce qui nous fait voir à l'un et à l'autre un nombre sensiblement équivalent de bougies allumées. Je fais un effort, je pique mon poing dans le gras de son bide... Cette fois il recule... Je fonce encore, hargneux comme un sanglier blessé. Nouveau coup de boule dans sa boîte à ragoût... Conseil s'écroule. Pas évanoui, mais fou de douleur. Il aurait une vacherie au foie que ça me surprendrait à moitié...

Je lui passe les menottes et il reste affalé sur sa carpette.

— Voilà le travail, dis-je, en me redressant.

Je le hisse sur le lit. Il a droit à une paire de tartes-maison pour les frais de stoppage à ma veste...

— Maintenant accouche, gars... Mais auparavant, regarde ça...

Je lui montre ma carte...

Il est sidéré.

— Tu ne t'attendais pas à ce retournement, hein, Conseil ?... J'ai bien joué mon rôle... Faudra réformer ton jugement. Un Conseil de réforme, quoi[1] !

---

1. J'ai failli oublier celui-ci.

Il ne répond pas. Sur ce, un grand fracas se fait entendre en bas.

Ce sont mes deux vaillants camarades qui, alertés par les coups de feu, commencent à enfoncer la porte ouverte.

*
* *

— Alors, tu t'étais pas gouré ? questionne le Gros, cette salope a trempé dans le coup !

De confiance, il balance un ramponneau à monsieur Conseil qui prend aussitôt des couleurs.

— Bouscule pas ce *gentleman*, Béru, il a des choses à nous dire…

Mon sac à vin de collègue déboutonne sa veste, nous découvrant ainsi un magnifique pull-over à bandes vertes, rouges et bleues constellé d'accrocs dont certains ont été reprisés avec de la laine blanche. C'est le beau pull-over de cérémonie, avec fermeture Eclair sur le devant afin de dégager la cravate…

— S'il a des choses à nous dire, il va les dire, affirme le Gros…

Pinaud, lui, a trouvé le moyen de s'asseoir au pied du lit et de s'endormir. C'est pas un flic, c'est une marmotte. Une marmotte à marotte, si vous tenez à une rime riche.

J'attaque Conseil. Un peu écroulé, le bonhomme. Une vie fichue, ça ne s'accepte pas facilement. Brusquement on pige qu'on n'en a qu'une
à sa disposition et ce qu'on éprouve alors doit ressembler à une épidémie dans un clapier...

— Conseil, vous avez été contacté par un
nommé Grunt, agent d'une puissance étrangère,
pour user d'une formule quasi sacramentelle.

« Cet individu vous a douillé la forte somme
pour vous décider à lui livrer les plans... Seulement, pour évacuer ceux-ci, il vous fallait la sécurité, d'où le faux cambriolage, et surtout du temps,
c'est pourquoi vous avez essayé d'aiguiller les
services spéciaux sur une fausse piste. Voilà qui
vous fait comprendre que je suis au courant de
tout. Maintenant, je vais vous poser une seule
question à laquelle vous allez me faire le plaisir de
répondre...

Je prends ma respiration...

— Où sont les plans et la maquette ?

Il se tait. Ils se taisent toujours au début. Et puis
on emploie les grands moyens inavouables et...
ils avouent.

— On te cause ! affirme Bérurier en cloquant
un second rempaluche dans la bouille de notre
interlocuteur.

— Je ne parlerai pas… Faites de moi ce que vous voudrez…

— Merci de cet accord de principe, dis-je. Seulement pour parler, vous parlerez… Et qui sait, peut-être chanterez-vous aussi…

— Je vais lui dire ma façon de penser, hein ? sollicite le Gros… Et s'il ne moufte pas, demain, ses amis lui diront la leur avec des fleurs…

— Tu deviens poète, ne puis-je m'empêcher d'observer…

— Quand je vois des salingues comme ce bonhomme, oui !

Et le Mahousse, qui décidément est en verve, de soulager sa rancœur.

— Vise-moi ça, brame-t-il. C'est ingénieur en chef, ça gagne du fric gros comme moi ! Ça pioge dans un pavillon de notaire ! Ça n'est même pas marrida, donc pas cocu[1]. Et ça trahit son pays pour se goinfrer davantage ! Alors que nous on se fait crever la paillasse à longueur d'année pour gagner des clopinettes cintrées !

A chaque *crescendo*, il balanstique un paquet de nougat dans la brioche de Conseil. L'ingénieur tourne au vert pomme.

1. Sans être mauvaise langue, rappelons au passage que Bérurier est le flic le plus cocu de France. Il a même une décoration au titre des dommages de guerre.

Je fais un geste pour calmer Béru, mais le Gros ne le voit même pas. Il a quelque chose de dantonesque, ce soir. Son personnage évolue, y a pas…

— Ben parle ! Fesse de rat ! s'époumone mon second…

C'est mon tout, à savoir Pinuchet, fantassin d'élite, dit le Lebel au Bois dormant, qui répond par un ronflement à réaction.

Dans les instants les plus solennels, il y a le petit truc rigolo qui vient donner la juste mesure des hommes.

Conseil l'ouvre enfin, après un instant de réflexion.

— Les Français n'ont pas besoin d'avions de guerre, dit-il gravement. Ils s'en moquent pas mal ! Ce qui les intéresse, c'est la bonne chère, l'automobile et l'amour… Nos gouvernants le savent bien, c'est pourquoi ils peuvent tout se permettre…

In petto, je ne veux pas lui donner tort. Pourtant, vous conviendrez que ça n'est pas à lui de donner des leçons de patriotisme.

— C'est pour ça que tu brades le patrimoine, mon salaud !

Il me regarde.

— J'ai travaillé à cette invention… Elle m'appartient dans une certaine mesure !

— Seulement, le *hic* c'est que t'as vendu la part des copains…

« Mais trêve de discussion. On se croirait dans un salon, ma parole ! Béru, demande à monsieur où sont les plans ! »

Je vais m'asseoir. J'ai les flûtes un peu molles… Il commence à se faire tôt et c'est l'heure indécise où la fatigue vous ramone la moelle épinière.

Le Gros n'attendait que cette invite pour passer à l'action.

— Le Grand Jeu ? me demande-t-il.

— Si c'est nécessaire, oui ! Je n'ai aucune raison de faire du sentiment avec ce salopard ! Il biche, Béru. C'est pas le mauvais bougre, notez bien, mais il a des instincts à assouvir, faut comprendre. Trente ans cocu, trente ans engueulé par tout un chacun, trente ans révolvérisé, imposé, moqué, reprisé, méprisé, saoulé, engraissé, journalisé, cinématisé, hospitalisé, mobilisé, accidenté, bébé-lunisé, ça compte ! Ça s'accumule, ça enfle, ça croît, ça croasse, ça fermente, ça bouillonne, ça émulsionne, ça émotionne, ça veut sortir, quoi, sortir enfin d'un côté ou d'un autre ! Mais on ne peut pourtant pas déféquer sur l'univers à longueur de vie ! L'intestin a ses limites si la vacherie

humaine n'en a pas ! Alors faut que ça s'évade
autrement ! Et le plus bel exutoire, croyez-en tous
les cocus pas contents, tous les battus endoloris,
c'est dans la douleur des autres qu'on le trouve.
Car enfin, s'ils sont en viande, les autres, c'est pas
seulement pour pourrir un jour ! S'ils sont sen-
sibles à la douleur, s'ils sont capables de gueuler,
de pleurer et d'appeler leur mère, faut que ça serve
à quelque chose, non ? Tout a une utilité dans la
vie ! C'est ça la grande harmonie ! Nous sommes
conçus pour nous faire payer aux uns et aux autres
le mal que nous nous faisons ! Merveilleuse aventure ! Le coup à la portée de tous les poings ! Les
larmes à la portée de tous les yeux ! Les c... à la
portée de toutes les bourses !

Tandis que je philosophe à ma façon[1], Béru a
préparé son numéro de music-hall. Si je le laisse
faire, il va, sur sa lancée, l'écorcher vif, le Conseil
général. Dépoiler un individu jusqu'au squelette,
c'est pas du vrai strip-tease, ça ?
   Pour commencer, il lui arrache sa veste de

1. Et si cette façon ne vous plaît pas, vous avez le choix entre
aller vous faire aimer et aller vous faire cuire un œuf. Dans la
seconde éventualité, n'oubliez jamais que les Français les aiment
mollets, les œufs ! Oui, Mollet, avec un M, comme Guy !

pyjama et sa chemise… Ensuite, il sort son couteau de poche. Un vieux ya à manche de corne[1] pourvu d'une lame mince à force d'être aiguisée et d'un tire-bouchon (vous le pensez bien).

Il fait miroiter la lame. La plupart du temps, il s'en sert pour découper son pain en cubes, ainsi que cela se fait à la Cour d'Angleterre. Mais il fait appel à elle dans les cas désespérés[2].

— J'en ai marqué plus d'un avec ça, déclare le Gros à Conseil juridique.

— Ce sont des procédés de voyou, affirme ce dernier d'un ton méprisant.

Le Gros rigole. Sa bonne bedaine alourdie par le beaujolais nouveau tressaute gaillardement. Il prend cette injure pour un compliment.

— Mais j'suis un grand voyou ! dit-il…

Là-dessus, il file un coup de scalpel dans la poitrine sans poils de Conseil technique. Le raisin se met à couler…

Je détourne les yeux. Comprenez-moi, ou du moins essayez, tas de cimentés de la théière ! Au cours de ma carrière, j'ai dessoudé bon nombre de mes contemporains et fracassé plus de mâchoires que la marquise de la Trémouille n'a usé de paires

1. Pour Béru la corne est tout indiquée.
2. Comme dirait Byron : les cas désespérés sont les cas du pied-bot !

de coules[1], seulement ces hauts faits (Que dis-je ?... ces méfaits !) se produisaient dans le feu de l'action, et parce que je ne pouvais pas agir autrement...

Mais là, voir Bérurier ouvrir la viande d'un sagouin, avec le calme d'un athlète s'apprêtant à lancer le javelot, ça me colle un cafard intime, très déprimant... Pourtant le Gros n'a pas tort... Beaucoup de types qui supportent allègrement les gnons les plus terribles tombent en digue-digue lorsqu'ils voient leur sang.

Béru commente ses faits et gestes comme un professeur dans un amphithéâtre.

— Tu vois, camarade, dit-il... Ça, c'est l'entaille du haut !

D'un geste vif il en pratique une seconde, un peu plus bas.

— On va commencer à descendre, explique mon compère laconique. Quand on en sera aux genoux, tu pourras te faire appeler chère madame !

Je ne sais pas si c'est une idée, mais Béru prend de l'esprit en grossissant, vous ne trouvez pas ?

Le moment est venu pour moi de jouer les grands cours. Vous savez que lorsque deux flics chambrent un réticent, l'un lui bille dessus tandis

---

1. Vêtement à capuchon.

que l'autre débite de bonnes paroles. C'est ce qu'on pourrait appeler un chaud-froid de volaille !

Les durs les plus durs s'y laissent prendre. Quand un zig est vraiment déprimé, il a besoin de bras compatissants, même si ces bras-là brandissent une paire de menottes.

— Voyons, Conseil, lui dis-je, arrêtez le carnage ! A quoi bon vous obstiner ? Vous êtes cuit et nous avons des moyens plus perfectionnés pour vous faire parler...

Il a le regard embrumé de larmes.

— Vous m'entendez ?

Alors il éclate en sanglots, comme un môme... Ça m'émeuheflheuû ! Cet homme sanglant et pleurant est presque pathétique. Mais je n'ai pas le temps de me laisser attendrir.

— On vous écoute...

— C'est mon collègue Bolémieux, l'ingénieur en second qui les a...

— Je me doutais d'un micmac de ce genre. Vous étiez des collaborateurs précieux... Précieux pour les espions !

Il baisse la tête, ce qui lui permet d'examiner son nombril empli de sang.

— Où est Bolémieux ?

— Il est parti cette nuit au Havre... Je l'ai emmené à la gare tout à l'heure...

— Au Havre !

— Oui. Il doit remettre les documents et la maquette à un agent étranger qui s'embarque demain matin sur *Liberté*…

— Où doivent-ils se rencontrer ?

— Dans la gare maritime…

— Comment s'appelle l'agent ?

— Je l'ignore, je ne le connais pas…

— Mais votre salaud de collègue le connaît, lui ?

— Pas davantage… L'agent a, paraît-il, la possibilité d'identifier Bolémieux… Je suppose qu'« on » lui aura remis une photographie ! Je ricane !

— Pauvre naïf ! L'homme en question aura eu l'occasion de regarder votre ami sous toutes les coutures, et vous aussi. Ces messieurs sont organisés. Quand on met le doigt dans l'engrenage…

Il a un geste fataliste et fatigué aussi.

Je reprends…

— Pourquoi l'agent prend-il le bateau ?… C'est un mode de locomotion assez lent à notre époque !

— La douane est moins stricte à bord qu'aux aéroports.

— Elle est grosse, cette maquette ?

— Vingt-cinq centimètres de long, quinze de haut…

— O.K… Ce qu'il nous faudrait, maintenant, c'est une photo de Bolémieux… Vous n'en auriez pas une, des fois ?

Il réfléchit…

— Si… Attendez !

Il va à une commode et ouvre un tiroir. Il en sort une grande enveloppe bourrée de photographies qu'il étale sur le couvre-lit.

Ses gestes sont maladroits à cause des poucettes. Pourtant il repère l'une des images et me la tend. Elle représente Conseil aux côtés d'un type assez jeune dont le menton s'orne d'un piège à macaroni de style florentin.

— C'est Bolémieux, dit-il.

— Très bien.

Je planque la décalcomanie dans ma glaude. Ensuite je décroche le tubophone et je rancarde le Vieux. Il biche comme un pou au milieu des mots dont le pluriel se fait en x !

— Excellent travail, San-Antonio… Il n'est donc pas trop tard. Vous allez filer au Havre sur-le-champ avec vos deux assistants et récupérer ce Bolémieux coûte que coûte avant qu'il n'ait remis les documents !

— Très bien, chef !

— Je veux que vous réussissiez, San-Antonio !

— Je ferai tout ce qu'il faut pour ça, patron. Vous m'envoyez quelqu'un pour prendre livraison du nouveau client.

— Immédiatement, donnez-moi l'adresse.

CHAPITRE IV

Lorsque Conseil-pratique est empaqueté par nos copains de la Manufacture des Passages à Tabac, lorsque à grand renfort de verres d'eau nous avons réveillé Pinaud, lorsque nous sommes parvenus à lui expliquer ce qui se passe, il est cinq heures du matin… Le *Liberté* doit appareiller à dix heures et il m'en faut un peu moins de trois pour rallier le Havre à mon panache de fumée grise !

L'autre Chinois d'ingénieur félon a, aux dires de son collègue, chopé le train de minuit trente… Il a donc sur nous une avance confortable de quatre heures et demie que je dois combler d'une façon ou d'une autre… En quatre heures il aura eu le temps de remettre le pacson à l'agent qui l'attendait… Dans ce cas, je devrai récupérer Bolémieux et l'emmener jusqu'à la passerelle afin qu'il me désigne le commis voyageur… Seulement, dans l'intervalle, il faudra le « convaincre » et rien ne dit qu'il sera aussi facile à persuader que son Conseil d'ami.

Comme vous le pensez, Pinaud et Béru se remettent à roupiller dans la voiture... Leur compagnie est très réconfortante. Je baladerais une nichée de chats, ce serait du kif...

Pour me tenir éveillé, je fonce à cent trente sur la route dégagée... La notion du péril est un antidote du sommeil. On est obligé, à cette allure-là, de ne pas se détendre un seul instant.

En une heure vingt, je suis à Rouen. La ville s'éveille dans une buée mauve. Des écharpes de brume[1] flottent au-dessus de la Seine dont les méandres ressemblent au griffonnage d'un enfant commençant à écrire maman[2].

J'aperçois un troquet ouvert et je décide de m'y arrêter un instant pour écluser un godet. Je range mon char devant un entassement de poubelles pleines afin que, même dans leur sommeil, mes camarades de combat ne soient pas dépaysés... J'entre dans le cani et je réclame un café très fort à une dame qui, si elle n'avait pas de moustaches, ressemblerait au cousin Hector... Je me sens tout

1. Tricotées avec les laines du Pingouin.
2. Doué comme je suis, je devrais écrire des livres.

pâteux, tout crayeux… En moi il y a comme une espèce de froid désagréable.

Je suis en train de siroter mon caoua lorsque les célèbres duettistes Béru et Pinuchet font leur entrée dans l'établissement. La dame à moustaches les prend pour des dockers en grève et fronce les sourcils. Faut voir ces messieurs ! Leur barbe a poussé, ils sont un tantinet plus sales que la veille, et ils ont sous les yeux des valoches de représentants en édredons !

— Et alors, rouscaille le gros Béru, tu bois en Suisse !

— J'ai pas osé vous réveiller… Vous dormiez comme deux petits angelots…

Mais vous n'ôterez jamais de l'idée au Gros que j'ai voulu lui faire une vacherie. Le laisser dormir devant la porte d'un bistrot est à ses yeux globuleux une injure du premier degré.

Pour se remettre, il commande un petit marc et Pinaud un petit blanc. Ils ont des goûts modestes, mes archers… Tous des petits verres… Seulement, ils en boivent plusieurs…

Lorsque j'arrive à les évacuer du bistrot, Bérurier sent l'alambic et Pinaud la vendange. Je suis obligé de baisser les vitres pour évacuer leurs miasmes.

Pinaud hésite à se rendormir, enfin il sort sa blague à tabac et entreprend de rouler une cigarette ; au moment où il s'apprête à passer un coup de langue sur le bord gommé de son Job, je place un coup de volant et il se lèche la main jusqu'au coude. La cigarette se désintègre. Résigné, il en roule une autre.

— Où que tu crois qu'on va piquer le zig ? profère Bérurier…

Je le mate dans le rétro ; il est soucieux. On dirait un chien boxer un peu bouffé aux mites. Ses yeux sont chassieux et sa bouche n'est pas sans évoquer le flirt poussé de deux mollusques.

Sa question est l'expression de mes préoccupations du moment. Frappé par ce mimétisme de pensée, je souris gentiment à mon compère.

— Le Bolémieux a dû arriver au Havre sur les choses de trois heures… Que veux-tu qu'il foute dans une ville endormie ? Il est nécessairement descendu dans un hôtel.

— Mais le mec avec qui il a rembour ?

— Tu sais, c'est le genre de brève rencontre… Passe-moi la valise, je te passerai le séné ! Tu penses pas qu'ils sont allés faire la bamboula ensemble ?

— Oui, tu dois avoir raison !

*
**

Une heure plus tard nous sommes au Havre. Si les clochers sonnaient à sept heures vingt-deux, ils seraient en train de carillonner, car il est sept heures vingt-deux !

— On va commencer par faire les hôtels près de la gare, c'est très certainement à proximité du train.

On commence par le *Terminus*. Vous l'aviez sans doute remarqué, on trouve partout des hôtels *Terminus*. Ce sont les compléments directs des gares… Tous sentent le charbon, le compartiment de fumeur et la nuit mouillée.

Des femmes de service lavent le hall à grande eau[1]. Un petit groom haut comme la plante verte du hall lit le *Journal de Mickey*. A la réception, deux employés parlent du match de football de la veille. Bref, chacun vaque à ses occupations.

Flanqué de mes deux protagonistes, j'interpelle les deux bonshommes.

— Police.

Ils se détranchent d'un même mouvement. Je leur montre tour à tour ma carte et la photo de Bolémieux…

— Vous n'avez pas réceptionné ce type-là, cette nuit ?

---

1. Un plancher se lave toujours à grande eau !

Le plus âgé des deux me dit qu'il vient seulement de prendre son service, le second ne pipe mot mais examine le document photographique (comme on dit dans les rédactions) avec attention, intérêt et des lunettes à foyers convexes.

— Oui, dit-il d'une voix très enrhumée, ce monsieur est là... Il a un pardessus en poils de chapeaux...

Je jubile. Le Barbu est avec nous, c'est bon signe. Jusque-là, tout se déroule sans anicroche suivant une harmonie de hasards préétablie.

— Quelle chambre ?

— Attendez, il se nomme Bolémieux, je crois !

Cette patate qui n'a même pas changé de blaze.

— Tout juste, Auguste, lance le caverneux Bérurier en gloussant comme un dindon chatouillé.

L'employé le foudroie d'un regard épais.

— Chambre 214, dois-je vous annoncer ?

— Inutile, on s'annoncera soi-même, affirme mon éminent collaborateur.

Et de nous engager dans l'ascenseur, ce qui, je le dis toujours, est moins dangereux que de s'engager dans les zouaves ou dans les chasseurs à pied.

Au moment où la cage d'acier s'élève, Pinaud pousse un cri de détresse auquel succède le bruit

caractéristique d'un accroc qui n'est pas le premier et qui coûte plus de deux cents balles ! C'est
le pan de son pardingue qui s'est coincé dans la
porte et qui, mon Dieu, vient d'y rester !

Tels des Indiens Jivaros-Jivatipa-Jivati sur le
sentier muletier de la guerre de Troyes qui n'a pas
eu lieu de s'inquiéter [1], nous remontons le couloir
du second étage, lequel se situe – les plus avertis
d'entre vous l'auront peut-être compris – immédiatement au-dessus du premier étage.

Parvenus devant le 214, nous marquons un
temps d'arrêt à la craie blanche et nous nous
regardons avec cet air grave des conspirateurs qui
ont une bombe à jeter mais qui ne savent pas très
bien sur qui.

— On y va ? s'informe Béru.

Pinaud, lui, est en train de rafistoler son pardessus. Ce n'est plus un pardingue trois quarts, mais
un deux tiers !

— Qu'est-ce que ma femme va me jouer ! soupire le digne homme. Tu ne crois pas, San-A, que
je pourrais le mettre sur ma note de frais ?

---

1. D'accord : c'est idiot, mais ça repose !

Je suis trop tendu pour répondre. Je replie mon index et je heurte l'huis. Toc-toc-toc ! Comme le fit le chaperon rouquinos le jour où le grand méchant loup becqueta sa grande vioque. Mais personne ne répond. Bolémieux doit s'être laissé aller dans les bras de Jean-Pierre Morphée.

Je réitère avec plus de véhémence sans obtenir le moindre résultat. J'essaie alors d'ouvrir la lourde, mais elle est fermaga de l'intérieur... Sésame entre une fois de plus dans la serrure et en fonction. Macache ! C'est le loquet qui est mis. Donc la petite fripouille d'ingénieur est bien ici. On refrappe. Je dis on, car Bérurier se met de la partie. C'est, comme toujours, avec le poing qu'il tabasse le panneau. Rien ne bronche à l'intérieur de la chambre.

— P't-être que la piaule communique avec une autre chambre ? suggère Pinaud qui procède par déductions.

— C'est possible ! Va chercher le réceptionnaire.

Pas besoin de se déplacer. L'homme aux besicles convexes est debout près de l'escadrin, nous regardant marteler la porte d'un air soucieux.

— Il ne débond pas ? demande-t-il.

— Non. Le verrou est tiré de l'intérieur. Il y a une porte de communication ?

— Don.

— Une fenêtre ?

— Oui, bais elle tonne sur la rue…

Il n'a pas le temps d'en dire plus long. Sans attendre la permission de quiconque, le Gros a pris du recul et le voilà parti contre la lourde. On entend craquer, le vantail s'ouvre et le Gros, emporté par son élan, disparaît à l'intérieur de la pièce obscure.

Nous percevons un fracas de verre brisé et un cri.

Cette épaisseur humaine est allée percuter une table supportant un vase de fleurs. Les fleurs sont artificielles, mais pas le vase, non plus que la bosse qui croît et se multiplie sur le crâne de mon dévoué compagnon.

Je me tourne vers le lit et j'y découvre Bolémieux, la barbe pointée au plafond, mort comme jamais un ingénieur ne l'a été, même un ingénieur-Conseil !

Il a les yeux ouverts, la bouche violacée… Il est presque froid…

— Empoisonné, murmure Pinaud.

— Tu crois ?

— Oui. Je peux même te dire la nature du poison… C'est du… Attends, je ne me souviens plus du nom.

Il se découvre, non par respect de la mort, mais pour se gratter le crâne. Il se met à neiger de la pellicule sur son pardessus meurtri.

— Un poison assez rapide…, poursuit ce toxicologue expérimenté. Il n'a presque pas de goût… Tu l'avales, et une heure plus tard tu fais ta crise cardiaque !

L'employé du *Terminus* est anéanti.

— Guelle hisboire ! se lamente-t-il en reniflant son rhume.

Je l'entreprends.

— Lorsque cet homme est arrivé à l'hôtel, il était quelle heure ?

— Cinq heures du batin à beu brès !

Je regarde Bérurier. Il résorbe son aubergine en appliquant dessus une pièce de cinq francs.

— Cinq heures, lui dis-je, donc il avait déjà vu son type !

Je chope l'employé de l'hôtel par le bras.

— Quand il est arrivé, avait-il une valise ?

— Don !

— Un paquet ?

— Aucun baquet ! Il b'a dit « Je suis jusde de bassage !

Misère ! Il n'avait déjà plus les documents ! Je suppose que l'agent étranger l'attendait à la descente du train. Ils sont allés au buffet de la gare

régler leurs comptes. Et l'agent lui a réglé le sien
complètement… Il ne voulait pas que Bolémieux
puisse le décrire. Décidément, cette organisation
est fortiche ; très fortiche ! Un peu de poison dans
un grand verre de jus de fruits, à prendre entre les
repas… Et puis une heure plus tard, bons baisers,
à mardi !

— C'est la tuile, hein ? murmure Béru.

Je fouille les fringues du défunt, soigneusement
étalées sur un fauteuil. Dans la poche de la veste
je découvre un rouleau de bank-notes. Il y a dix
mille dollars en grosses coupures… Le salaire de
la trahison ! Les types qui l'ont fadé se moquaient
pas mal du fricotin…

— Arrivez, dis-je à mes assesseurs. Et vous,
mon vieux, lancé-je au mecton enrhumé, prévenez
la flicaille du patelin…

Nous taillons en vitesse. Cette fois, c'est sa
blague à tabac que Pinaud laisse dans la fermeture
de l'ascenseur.

*
* *

Beaucoup de trèpe au buffet de la gare. J'ai
pensé à ça parce que c'est, à trois plombes du mat,
le seul endroit où l'on peut boire un godet dans
une ville de province…

J'avise une dame à la caisse. A son regard gonflé comme une roue de cinq tonnes, je comprends qu'elle ne s'est pas encore zonée.

Je radine avec ma petite photo et ma bouche en cœur.

— Madame, vous n'auriez pas remarqué deux consommateurs cette nuit, dont l'un serait le barbu que voilà ?

Elle chausse son nez constellé de verrues de lunettes constellées de chiures de mouches. En moins de temps qu'il n'en faut à un derrière de timbre pour avoir sa toilette faite par une langue de postière, elle opine de la tête.

— Si fait, dit-elle, très Régence.

— Comment était l'homme qui l'accompagnait ?

— Ce n'était pas un homme, mais une femme !

Tiens, comme c'est curieux ; je ne m'attendais pas à voir apparaître une femme dans cette histoire à la mords-moi-le-neurographe !

— Comment était cette personne ?

— En grand deuil…

J'ai un pincement dans le sous-sol.

— C'est-à-dire…

— Ben, elle était en noir, avec un chapeau muni d'une voilette…

— Ce qui fait que vous n'avez pas bien vu son visage ?

— Je ne l'ai même pas vu du tout… Ils se sont assis au fond de la salle… Elle me tournait le dos.

— Ils sont demeurés ensemble longtemps ?

— Non. Ils se sont fait servir des consommations… Le monsieur barbu est venu demander si j'avais des cigarettes turques, je pense que c'est la dame qui en voulait…

Ce qu'elle voulait, c'était surtout lui verser la ration de mort-aux-rats.

— Je n'en avais pas, poursuit miss Verrue, qui pense aux fameuses cigarettes turques…

— Ensuite ?

— Ils ont bu et sont partis…

— Quelle était la taille de la dame : grande, petite ?

— Moyenne…

C'est de la précision ou je ne m'y connais pas.

— Je vois… Pas de signes particuliers : elle n'avait pas de jambe de bois, ni de bosse ?

L'autre gonfle se gondole comme de la tôle ondulée.

— Pas que je susse !

Il n'y a rien à tirer de cette vieille tarterie, même pas une heure d'amour.

Je me retrouve vers les six *day's men* Béru-

Pinuche, les super-champions du Bignol's office. Ces deux merles ont opéré un repli stratégique vers le comptoir et sont en train d'écluser deux muscadets. Comme je m'approche d'eux, furibard, Pinaud, toujours documenté, m'explique :

— Ça lave le rein !

— En attendant, rétorqué-je, c'est la tête que nous allons nous faire laver.

Je les plante devant leur rade pour aller bigophoner au boss.

Si vous entendiez rouscailler le Vieux, vous prendriez des vapeurs.

— San-Antonio, il faut que vous retrouviez ces plans !

— Mais comment, chef ! la piste s'arrête pile… Le bateau lève l'ancre dans une heure et demie… Il y a douze cents passagers dont plus de la moitié a déjà embarqué !

— Alors prenez le bateau !

— Hein ?

— Vous aurez les six jours de la traversée pour découvrir l'agent et lui reprendre ces documents et la maquette ! Il ne faut pas que ceux-ci débarquent à New York.

— Mais, patron, comment pourrais-je prendre le bateau ? Je n'ai ni réservation, ni passeport, ni argent !

— Je vais faire le nécessaire… Vous n'aurez qu'à vous présenter à la passerelle avant le départ, « on » vous attendra…

— Et mes deux hommes ?

— Vous les emmenez, vous ne serez pas trop de trois à bord…

Il paraissait fermement décidé. Je pouvais toujours me l'arrondir si j'espérais le voir changer d'idée.

— Bien, chef…

— Achetez-vous quelques valises afin de faire vrai, vous avez combien sur vous ?

— Une vingtaine de mille francs, je crois…

— Débrouillez-vous…

— J'essaierai, patron…

— Nous correspondrons par sans-fil…

— Bien, chef…

Je raccroche, assez éberlué. D'un pas mou, je rejoins mes pieds nickelés. Ils sont en train de commander leur quatrième muscadet.

— Il est fameux, m'avertit Béru, tu en prends un ?

— C'est pas de refus…

Il lance l'ordre de mission au loufiat et murmure en me regardant en biais :

— Il était mauvais, le Vieux, je le vois d'ici…

— Plutôt…

— Qu'est-ce qu'on va se faire jouer en rentrant...

Pinaud intervient.

— En rentrant, je vous avertis, vous vous débrouillerez seuls avec lui parce que moi je rentre me coucher. Ce n'est pas une vie pour un homme de mon âge ! Surtout que ce soir on fête nos noces d'argent, ma femme et moi... Vingt-cinq ans de mariage : un bail, non ?

Et le voilà parti dans sa vie privée :

— Elle n'est pas mauvaise femme, ma femme ! Bien sûr, elle a son caractère... Notez que ses rhumatismes articulaires influent sur son tempérament... Avec ça qu'on lui a enlevé les organes...

— Elle a voulu se mettre à l'unisson ? lancé-je finement.

Il hausse les épaules et, ayant ouvert la bouche pour protester, se ravise et vide son verre.

Fait incroyable mais véridique, Bérurier ôte un billet de mille de la coiffe de son chapeau. Ce Richelieu ressemble à un papier gras. Le loufiat ne sait pas par quel bout le choper...

Nous déhotons du buffet. Il fait un temps splendide, avec de la brise marine...

— La mer doit être mauvaise, assure-t-il. Je plains les gars qui sont obligés de s'embarquer...

— Je leur souhaite bien du plaisir, renchérit Pinuche…

Je fais claquer mes doigts comme quelqu'un qui vient de se rappeler le prénom de Louis XIV.

— A propos, j'oubliais de vous dire…

— Quoi ? croassent-ils d'une seule voix…

— Nous partons en Amérique dans une heure…

Et voilà ces deux tartes qui se marrent comme des bossus.

— Elle est bien bonne, pouffe le Gros, y a que toi, San-A, pour débiter des couenneries pareilles !

CHAPITRE V

Le messager du commandant qui nous attend près de la douane n'en revient pas lorsqu'il voit radiner notre aimable trio. On lui avait annoncé trois agents spéciaux et ce sont les Pieds Nickelés qui s'amènent, trimbalant des valoches de carton hâtivement acquises au Prisunic du coin.

Je m'approche de lui, et d'un geste suprêmement gracieux, je lui présente ma carte. Il a un bref hochement de tronche.

— Suivez-moi !

Tout en longeant le long comptoir de bois derrière lequel les gabelous se roulent des cigarettes de contrebande, le jeune officier louche sur mes deux équipiers. Ils valent le coup d'œil, parole ! Pinaud est triste comme un faire-part de deuil, et ivre de fatigue, il titube en marchant. Béru, rendu *furax* par ce voyage au long cours qu'il était loin de prévoir, s'est réconforté à coups de beaujolpif. Or, le matin, c'est un truc qui ne pardonne pas.

Il en a plein les galoches… Vous savez, le genre biture du matin, la plus mauvaise… Son nez ressemble à une tomate mal mûrie en serre, et ses yeux à deux belons gâtées. Il sent la ménagerie mal entretenue. Quant à sa joue enflée, elle prend maintenant des proportions inquiétantes.

Il ressemble à Chéri Bibi, en moins sexy.

— C'est la première fois que je prends le barlu, dit-il au fringant petit officier… Dites, mon vieux, c'est pas fatal qu'on aille au refil ?

L'autre n'a jamais vu ça. Pour colmater la brèche que le Gros vient de pratiquer dans son estime[1], je lui vaseline dans l'oreille :

— Ne soyez pas surpris, c'est un personnage qu'il est obligé de se composer…

Nous débouchons sur le quai. La masse formidable, noire et abrupte du *Liberté* se dresse soudain devant nous.

— Bon Dieu qu'il est mastar ! s'exclame le Gros. On peut pas se figurer, hein ? quand on le voit aux actualités…

Notre mentor nous précède sur la passerelle surmontée d'un dais bleu flambant neuf. Celle-ci fait

---

1. Ce sont les comparaisons de ce genre qui ont fait dire à Voltaire : « San-Antonio, c'est le Balzac des faubourgs. »

le dos d'âne, et il était, par voie de conséquence, normal que Bérurier l'empruntât.

A l'autre extrémité, une porte béante est ouverte dans le flanc du navire. Une nuée de petits mousses en uniformes rouges semés de boutons d'or[1] forment la haie. Du coup, le Gros Béru se prend pour un chef d'Etat passant des troupes en revue.

— Repos ! braille-t-il, embrasé par un retour de flamme de juliénas.

Il fait trois pas et tombe assis sur son majuscule derrière, car le plancher est glissant. Sa valise s'ouvre, la chemise de rechange et la cravate neuve qu'elle contenait nous apparaissent dans toute leur sauvage sobriété. Les mousses qui rigolaient en ont le souffle coupé net comme au sécateur. C'est la première fois qu'ils voient un passager traverser l'Atlantique avec si peu de bagages. Enfoncé, le gars Lindbergh ! Béru, lui, n'a même pas de brosse à dents…

Il referme sa valise, se relève et nous suit jusqu'à la cabine 594. Celle-ci se situe en seconde classe et elle comprend quatre couchettes superposées deux à deux.

---

1. Certains en ont même sur la frimousse.

Lorsque nous sommes dans la cabine, l'officier tire une enveloppe de sa poche.

Il l'ouvre et en sort une liasse de billets de banque qu'il me remet.

— Voici cent mille francs, monsieur le commissaire. Voici en outre votre bulletin de salle à manger, un laissez-passer pour circuler dans le bateau d'une classe à l'autre et la liste provisoire de tous les passagers... Celle-ci ne sera vraiment à jour qu'après l'escale de Southampton, évidemment...

Il nous salue.

— A votre entière disposition, naturellement. Le commandant a donné des instructions aux deux officiers radio, le cas échéant vous pourrez vous adresser à eux à toute heure du jour ou de la nuit. Bien sûr, le personnel n'est pas au courant de votre qualité. Nous vous avons enregistrés sous vos véritables noms mais en qualité de représentants...

— Parfait, dis-je...

Je lui tends la main, on en serre dix (cinq, chacun). Nous voilà seuls. Pinaud s'est collé sur une couchette du bas et en écrase, le bada sur la trogne. Quant à Béru, il est intrigué par la soufflerie d'aération...

— Tu crois qu'on pourrait pas ouvrir l'hublot ?

demande-t-il. Les tuyaux, j'ai pas confiance, suppose qu'y se bouchent ?

Je lui dis d'attendre… Le steward frappe à notre porte. Il vient se présenter à nous et nous refiler les renseignements élémentaires concernant la vie à bord. Soudain, je le vois qui s'arrête de jacter et qui regarde fixement un point précis.

Le fruit de son attention (un fruit gâté) n'est autre que le torse de Bérurier, lequel vient de se déloquer du haut. Il porte une chemise genre Rasurel d'un gris extrêmement foncé et agrémentée d'auréoles inexprimables.

Je congédie le steward avec un biffeton de mille et je me hâte de fixer la fermeture de sécurité.

— Dis voir, Gros, fais-je méchamment, y a pas des moments où t'en as marre de ressembler à une poubelle de quartier pauvre ?

— Pourquoi que tu dis ça ?

— Vise un peu ta limace ! Ça fait combien de temps que t'en as pas changé ?

Il hausse les épaules.

— Tu causes sans savoir, San-Antonio ! Ces tricots de corps, on ne peut pas les laver ; ça se drape !

— Tu veux dire que le tien n'a jamais été lavé ?

— Ben naturellement ! Oh toi, alors, ce que t'es Régence !

Je n'insiste pas. Mort de fatigue, je vais m'allonger sur la couchette qui fait face à celle de Pinaud. Le barlu est agité d'un grand frémissement. Il trépide et j'ai l'impression d'être sur la plate-forme d'un vieux tramway.

— On se barre, hein ? fait Bérurier.

— Ça m'en a l'air…

Il va au hublot, mais ne voit qu'une falaise de ciment gris.

— On s'en rend pas encore bien compte…

— Espère un peu, si la mer est mauvaise tu t'en apercevras !

Et puis, soudain, terrassé par la fatigue, je m'endors comme on coule à pic.

Deux heures plus tard, nous sommes – moi du moins pour commencer – réveillés par une musique mélodieuse qui passe dans le couloir.

Je saute de ma couchette et je vais entrouvrir la lourde. J'aperçois un garçon de restaurant armé d'un instrument à percussion bizarroïde sur lequel il frappe avec un gong. Je l'interpelle.

— C'est le défilé de la fanfare ou quoi ?

Il me sourit, comme dit l'abbé Jouvence.

— J'annonce le second service, monsieur…

J'en suis baba. La Transat fait bien les choses : cet instrument est tellement plus sympa qu'une sonnette !

Les mots « second service » éveillent dans les abîmes insondés[1] de mon estomac une notion sur-aiguë de la faim qui, en grand secret, me tenaillait les entrailles. Point à la ligne !

Je relourde et me mets à beugler :

— Au secours ! Nous coulons ! Les chaloupes à la mer ! Les femmes et les enfants d'abord ! Les flics resteront à bord !

Béru, hagard, se dresse sur un coude, depuis sa couchette supérieure. Il veut se lever, oublie qu'il est si haut perché, se cogne la tronche au plaftard et bascule en avant avec un bruit terrible de vache foudroyée.

A quatre pattes dans la cabine, il geint.

— Quel est le sagouin qui m'a fauché le plancher ?

Il a une nouvelle bosse au sommet du crâne et un rouge (qui va devenir un bleu) sur la pommette droite.

Comme j'extériorise mon hilarité avec force, il se fout en boule[2].

1. Heureusement d'ailleurs.
2. Il a des aptitudes concernant la réalisation de cette métamorphose.

— C'est encore un coup à toi, espèce de…

Pinuche, éveillé par l'altercation, se lève à son tour.

Il a les traits tirés et son regard fait penser à celui d'un lapin crevé.

— Je suis barbouillé, annonce-t-il. Je crois que ça vient de mon pancréas…

Je mugis :

— Nous enchose pas avec ton pancréas, hé ! reliquat humain ! Vous allez commencer par faire un brin de toilette, tous les deux. J'en ai quine de trimbaler des gorets avec moi ! Je ne m'appelle pas Wladimir pour être porcher ! Allez, oust ! lavez-vous, rasez-vous et changez de limace, sans quoi je vous fous par-dessus bord !

Ainsi dopés, voilà mes deux comiques troupiers qui se livrent à des ablutions inhabituelles.

Lorsqu'ils ont terminé, ils sont presque présentables… Nous rallions alors la salle à manger qui se trouve au pont inférieur.

Elle est immense et pleine de dorures… Un gros bourdonnement monte de la vaste salle où s'affaire un personnel impeccable.

Nous avons la table 36. Dans un angle de la grande pièce… C'est une table de quatre couverts où une dame d'un âge incertain est assise.

A notre arrivée, elle nous décoche un sourire velouté au tapioca.

Elle est très certainement américaine. Elle frise la cinquantaine avec des bigoudis métalliques, porte des lunettes sans monture, est vêtue d'un corsage tango parsemé de fleurettes mauves, d'une jupe à carreaux rouge et vert et elle a au cou un collier[1] d'une grande valeur... documentaire, constitué par morceaux de matière plastique multicolore découpés en forme de cœur[2]. C'est pas un collier, c'est une raison sociale.

V'là la grognace qui se met à nous distribuer de l'œillade gourmande à tout-va... Elle jette son dévolu sur moi, sans m'atteindre, puis, constatant que je suis jeune et beau[3] et ayant sans doute le sens du raisonnable, elle hésite entre mes deux loustics... La carrure de Béru, les bonnes manières de Pinuche la font hésiter...

Tandis qu'elle se tâte, nous étudions à fond le gigantesque menu qui nous est proposé...

Le regard du Gros fait « Tilt » en biglant la nomenclature des mets.

— On peut se taper ce qu'on veut ? s'enquiert-il avec distinction auprès du maître d'hôtel.

---

1. Du reste, où voudriez-vous qu'elle le porte ?
2. En vente à New York dans toutes les bonnes pharmacies.
3. J'ai eu le prix du plus beau bébé de France en 27 !

— Mais certainement, monsieur, s'empresse ce dernier (qui n'est pourtant pas le premier venu).

Le Gros se recueille, ferme à demi ses yeux de goret frileux, et demande :

— Faut longtemps pour le ris de veau-Princesse ?

— Dix petites minutes !

— Alors, pour commencer, vous ferez marcher un ris de veau... Ensuite ce sera une côte de Charolais au cœur de laitue braisée... Puis une truite aux amandes... Seulement, pour attendre le ris de veau, vous me donnerez des amuse-gueule... Je sais pas, moi : une terrine de canard et des œufs mayonnaise, hein ?

Le maître d'hôtel qui en a vu d'autres ne bronche pas.

— En dernier, la truite ? s'étonne-t-il seulement.

— Oui, fait Bérurier, bon enfant, comme ça y aura pas besoin de me changer le couvert... Autrement quand on démarre sur le poissecaille, ça chlingue...

— Et comme dessert ?

— Rien, fait modestement le Gros, puisque la truite est aux amandes !

Pourtant, il éprouve un regret. Alors que Pinaud passe sa commande, Bérurier ne peut s'empêcher de demander d'une voix timide :

— Est-ce qu'il pue, le Gorgonzola ?

— C'est vraisemblable, monsieur, affirme sans rire l'interpellé.

— Alors, vous m'en mettrez un chouïa, décide cette gloire de la police française.

Il se tourne vers la dame américaine et, galamment, murmure :

— Si la fumée ne dérange pas madame, naturellement !

Le repas est plein d'entrain. Mes deux compères se figurent en croisière et font les galantins auprès de notre compagne de table. Cette dernière parle un peu le français et Pinaud a « fait » de l'anglais, jadis. Pour le prouver à la dame il lui récite *I wish you a merry Christmas* avec un accent qui ferait dresser des cheveux sur la tête de Yul Brynner. Bref, nous sommes dans une très bonne ambiance.

Bérurier a rapidement éclusé la bouteille de bourgogne blanc et celle de bordeaux rouge qui occupaient notre table. Mis en verve en constatant qu'on a remplacé ces deux victimes du devoir par deux autres bouteilles pleines, il entreprend d'évangéliser notre voisine, laquelle commet l'hérésie de consommer un gratin de queues de langoustes en buvant du lait. Laissant ces messieurs faire du rentre-dedans à la personne que je vous cause, je pique, bille en tête, dans l'enquête. Parce que, enfin, bien que je sois à bord d'un transatlantique, j'ai les pieds sur la terre[1].

Le Vieux en a eu une bonne et savoureuse en nous embarquant sur *Liberté*. Comment espère-t-il que nous découvrions les plans ? Je vous l'ai déjà dit (mais avec des crânes de pioche comme vous on ne rabâche jamais assez), il y a un bon millier de passagers avec des tonnes de bagages à bord. Il est impossible de tout fouiller. Et quand bien même j'aurais la possibilité matérielle de le faire, une telle mesure créerait des incidents diplomatiques. Je regarde le populo international qui occupe la salle à manger et je mesure l'immensité de la tâche... Jamais ces gens ne se prêteraient à une perquise... Sans compter que ce serait un sale coup pour la publicité de la Transat. Les étrangers aiment les bateaux français parce qu'on y bouffe bien et qu'on y est peinard !

Alors ?

— A quoi tu penses ? hoquette le Gros, dont la

1. C'est pas drôle, ça, bande de constipés ?

trogne est illuminée comme un quatorze juillet
d'avant-guerre.

— A ta bêtise, réponds-je…

Il hausse les épaules.

— Ça devient du parti pris, rouscaille-t-il. Faut
que tu soyes cinglant…

Pinaud accapare la dame, en douce. Il lui
raconte, dans un langage franco-anglais-petit-
nègre, l'occlusion intestinale qui fut fatale à son
oncle Alfred. Leur intimité vexe Bérurier.

— Vise-moi le dabe qui file le train à l'Amer-
loche ! soupire-t-il. A son âge, si c'est pas dégueu-
lasse ! Qu'est-ce qu'il espère, Pinuche, avec toutes
les toiles d'araignée qui lui verrouillent le calbart ?

— Laisse-le, calmé-je. Il va p't-être attraper
une mouche !

Mais le Béru est hargneux…

— Quand je pense, soupire-t-il.

— A quoi ?

— A ma bourgeoise qu'est peinarde pendant la
croisière… On en a pour quinze jours aller-retour
sur ce barlu ! Elle va drôlement se faire reluire
avec le coiffeur !

— Et alors ?

— Comment, et alors ! On voit que t'es pas marrida !

— J'aime mieux pas ! Seulement écoute, Gros,

elle ne va plus y trouver de charme à la bagatelle, pendant ces quinze jours !

— Pourquoi ?

— Parce que justement elle sera peinarde. Ce qu'il y a d'excitant, dans l'adultère, c'est la peur qu'on a d'être surpris... Si tu enlèves cette peur, que reste-t-il ? Une partie de jambonneaux, non ? Tu vas voir qu'elle va te regretter, ta morue ! L'absence embellit, Gros... Quand tu vas radiner à la casba, tu seras le beau Chevalier errant ! Pour peu que tu changes de chaussettes avant de rentrer et que tu lui achètes pour trois francs de roses pompons, t'auras droit à la grande extase en Gévacolor...

Il me prend la main. Une larme de brave homme brille dans son regard.

— Merci, San-A. Dans le fond, tu es un chic type...

Il réfléchit, tandis que notre Pinaud, qui ne se sent plus, place sa botte secrète : à savoir, l'ablation des amygdales de son beau-frère.

— Ces barlus, c'est sûr, à ton avis ? demande Bérurier... J'aimerais pas faire naufrage, tu sais comme j'ai horreur de la flotte !

— Je sais... Naturellement que c'est sûr, pourquoi, t'as les jetons ?

— Non, mais ça m'ennuierait que ma bonne

femme devienne veuve, qu'est-ce qu'elle ferait ! Son amant est marié, on n'a qu'une fortune impersonnelle...

— Elle se foutrait un crêpe noir sur la frime et elle irait faire des ménages, bougre de ceci-cela ! Tu vas pas t'attendrir sur ta bonne femme pendant toute la traversée, des fois ! T'inquiète jamais pour une femme, Béru... Les gonzesses ont plus de ressort qu'une montre de précision...

Je me tais, foudroyé par une image... Je viens de dire : un crêpe noir... Du coup ça me branche sur l'affaire... La femme qui a réceptionné les plans de Bolémieux, au Havre, avait un crêpe noir... Elle était habillée tout en noir... Ces vêtements de deuil, elle ne les a pas foutus en l'air. Elle n'en a pas eu le temps et ç'aurait risqué d'attirer l'attention sur elle. Donc les fringues sont dans ses bagages...

Oh ! oui... Oui, oui, oui... Attendez, ne bougez pas. Vous m'agacez avec votre cure-dents, laissez-moi réfléchir... Je crois que je tiens le bon bout... Oui, oui, oui... Ça y est : ça vient, ça se forme, ça se précise, ça se concrétise, ça... Ecoutez ! Posons-nous des questions et répondons-y en nous appuyant des deux mains sur la logique... La fille qui attendait Bolémieux à la gare était l'agent ou une alliée de l'agent chargé du transfert des documents. On peut, sans crainte de se tromper, parier une course à pied contre un pied-à-terre qu'elle n'était pas réellement en grand deuil mais qu'elle s'est attifée ainsi pour ne pas montrer son visage... Donc ces nippes, considérées comme un déguisement, ne correspondent pas au ton de sa garde-robe. *Ce qui revient à dire que si je trouvais une robe noire et des voiles de crêpe dans une garde-robe « normale »*, j'aurais cent chances, virgule deux, sur cent de mettre la paluchette sur l'intéressée.

Le problo reste entier pourtant, car il se ramène à rafouiller dans les bagages des clients. Seulement il doit être plus fastoche d'y trouver un attirail de veuve que des documents secrets.

En tout cas, j'ai mon idée...

Une idée lumineuse comme le ring du Palais des Sports un soir de Championnat du Monde m'inonde la bouée.

Je me lève et salue bien bas *miss* Duchnock.

— Où tu vas ? s'inquiète Bérurier...

— Faire une promenade sur le pont... On se retrouvera au bar-fumoir pour le thé...

Je les laisse avec leur victime. La vioque, aux anges en se voyant chambrer par deux *french men* ! – et quels *french men* ! – prend des mines de petite fille à qui on propose une partie de touche-touche !

Pinaud se lisse la moustache, et il en profite pour débarrasser icelle des boulettes de crème Mystère qui en mouchettent les pointes. Quant au gars San-Antonio, l'homme qui remplace Astra et les maris en voyage, il file droit à la recherche du jeune officier détaché à sa personne.

Il a toujours sa merveilleuse petite idée, San-Antonio ! Et il la promène le long des coursives, comme un coureur portant le flambeau !

Je dégauchis le jeune officier dans sa cabine. C'est un petit coin tout ce qu'il y a de ravissant à l'avant du barlu. Sa cabine est meublée en bois clair, les cloisons sont peintes en vert pâle et il y a fixé des reproductions de tableaux de maîtres, car c'est un jeune homme de goût.

Il me fait asseoir et me demande si j'aime le punch. Je lui réponds que hormis les sirops et l'eau de javel, je suis assez pour tout ce qui se boit.

Voilà mon barman amateur qui se met en devoir de me préparer un truc carabiné : rhum vieux, quelques gouttes d'eau sucrée, un zeste de citron vert, un cube de glace... C'est sensas ! Rien de commun avec ce qu'on peut écluser à Paname dans les bars spécialisés... Au premier godet on se sent mieux, au second on se sent bien, au troisième on ne se sent plus.

— Alors ? me demande-t-il, votre enquête avance-t-elle, monsieur le commissaire ?

— Chaque tour d'hélice risque de m'éloigner d'elle, fais-je doctement en trempant l'appendice qui me sert à détecter les odeurs dans le verre aux parois embuées[1].

Il voudrait bien savoir, le produit de l'Ecole Navale, en quoi consiste ladite enquête, mais San-Antonio, vous le connaissez, hein ? C'est le grand silence blanc ! J'ai un cadenas au bec ! Roger la Honte : rien vu, rien entendu !

— Pour mener ma mission à bien, attaqué-je, j'ai besoin du concours de tous les stewards... Enfin des stewards de cabine du moins.

Il fait une petite moue peu rassurante...

— Expliquez-vous.

— Voilà : je cherche une femme ayant dans ses bagages des vêtements de deuil. Il est presque certain que la femme en question est habillée norma-

1. « L'appendice qui me sert à détecter les odeurs ! » C'est pas élégant comme forme ? Et dire qu'on peut résumer tout ça en trois lettres, comme vous d'ailleurs !

lement… Par conséquent, ces fringues noires doivent se remarquer dans sa garde-robe !

— Et puis ?

— C'est tout. Les stewards qui s'occupent du service-cabine ont toute facilité pour explorer discrètement les tiroirs et autres penderies… Comprenez-moi bien… Il ne s'agit pas pour eux de perquisitionner, mais simplement de se rendre compte si…

Mon interlocuteur a un léger sourire.

— Vous jouez sur les mots, monsieur le commissaire.

— Non, le *distinguo* est capital. En faisant les rangements habituels dans les cabines dont ils ont la charge, il leur est facile de constater la présence de cette tenue qui, je le répète, doit être insolite…

Il se passe un doigt nerveux entre le cou et le col de sa chemise. Son regard au bleu océanique est assombri par la réflexion.

— Je vais prévenir les commissaires de chaque classe, dit-il… Eux-mêmes contacteront les intéressés…

— Je vous remercie… Quand aurai-je une réponse ?

— Pas avant demain midi… Les stewards ne peuvent agir qu'au cours de leur service du matin, vous pensez bien… Notez que je ne vous promets

rien… Je dois en référer au commandant et il peut
très bien ne pas être d'accord…

— Dites-lui que c'est d'un intérêt capital pour
la France !

— Vraiment ?

— Oui. Avant l'arrivée à New York, je dois
mettre la main sur des documents d'une grande
importance, il faut qu'on m'aide !

— Comptez sur moi !

Je refuse un nouveau punch et je prends congé
de lui.

Je trouve le tandem Béru-Pinuche au deck principal.

Ces messieurs ont moulé leur égérie et sont en
train de ligoter le panonceau programmant les
réjouissances… Celles-ci sont nombreuses et
variées : d'abord cinéma (on donne *Mon thé t'a-
t-il ôté ta toux*, œuvre primée au Festival de Bouf-
fémont, avec Walter Claused dans le rôle principal
et la révélation de l'année prochaine, la charmante
Maricou Chetoilat) : après le cinoche, y a thé dansant au grand salon, puis, en soirée, courses de
chevaux (*in english Horses Races*)… Demain
dimanche, messe dite en la salle de cinéma par le

père Colateur et au grand salon, sermon protestant du révérend Mac Heuslass… Au début de l'après-midi, exercice d'alerte.

Puis re-ciné. (Cette fois on passe une vie de Jeanne d'Arc, *Je suis en Sainte*, le triomphe de Cécil Billet de Cent, qui présente une nouvelle version très hardie : d'après lui, Jeanne aurait été ignifugée avant le supplice… Ce qui lui aurait permis d'avaler la fumée. Du cinéma Cauchon, quoi !) Re-thé dansant… Loto-Bingo en soirée, puis bal costumé avec la participation de Durand, l'inimitable imitateur, bal présidé par le général Kaunard, chef d'état-major des garçons laitiers cantonnés à Courbevoie, je vous le dis tout de suite…

— On va se marrer, prophétise Bérurier…

J'entraîne mes accessoiristes sur le pont supérieur. Il fait un temps merveilleux… Les côtes anglaises barrent l'horizon et des mouettes immaculées suivent le sillage écumeux du *Liberté* en poussant des cris de vieilles filles. Je loue trois transatlantiques au steward de deck et nous exposons nos académies au soleil…

Pinaud s'endort rapidement après avoir constaté avec satisfaction qu'il ne craignait plus le mal de mer…

— Et votre Américaine ? demandé-je à Bérurier, qu'en avez-vous fait ?

— Elle est allée faire une sieste, bougonne-t-il. Je voulais lui filer le train, mine de rien, pour lui demander de me montrer ses estampes japonaises, mais cette cloche de Pinaud m'a entraîné... Il est jalmince ! Un vieux jeton comme ça, c'est pas malheureux, dis ! Pour une fois que j'ai l'occasion de rendre la pareille à ma bonne femme !

Il s'étire voluptueusement et allume un cigare qui sent le tuyau d'échappement.

— J'ai toujours rêvé de m'embourber une étrangère, murmure-t-il, nostalgique... Ça doit être *bath*, non ? Elle te gazouille des trucs que tu piges pas...

Je le console.

— Ce n'est que partouze remise, mon pote ! Moi, à ta place, tiens, j'irais rendre visite à la beauté pendant que le dabe roupille...

Séduit par ma suggestion, il se dresse.

— C'est pas c... ce que tu dis... D'autant mieux qu'elle m'a affranchi sur le numéro de sa cabine.

— Eh bien ! alors. C'est une invitation à la valse, non ?

Décidé, il se lève. Il tire sur les manches de sa chemise neuve, gratte d'un ongle noir une tache de sauce sur sa cravate luisante et disparaît...

Je m'étire. La vie serait belle si je n'avais cette lourde responsabilité sur le râble… Vous mordez le topo ? Je sais que sur ce bateau se trouve, à quelques mètres de moi, ce que je cherche, ce que je *dois* trouver coûte que coûte, et je n'ai qu'un voile noir à quoi m'accrocher…

Cette histoire de voile de crêpe me tarabuste… Peut-être que la femme ne l'a pas conservé ? Ça n'est pas difficile de s'en débarrasser…

Je jette un regard distrait autour de moi. Les fauteuils sont presque tous occupés. Il y a beaucoup d'Américains qui se prélassent dans des tenues incroyables… Les chemises peintes, les pantalons ou les jupes en tissu léger abondent…

La femme que je cherche est peut-être ici, dans cette même travée ? Peut-être est-ce la personne raboulette qui ligote *Life* près de Pinaud ? Elle est peinarde… Elle croit que tout a réussi… Elle a empoisonné Bolémieux… Grunt devait sûrement abattre Conseil… Plus de témoins : la route est libre !

L'idée qu'elle ressente de la quiétude me fout en renaud… La garce ! Et dire qu'elle va peut-être m'échapper…

Vous me connaissez ! Quand l'énervement me gagne, faut que je remue… Alors, pour me calmer les nerfs, je me mets à arpenter le pont… Je

grimpe un escalier roide et me voilà près des cheminées rouges aux dimensions monstrueuses…
Entre les deux cheminées il y a comme une ter-
rasse abritée où s'alignent d'autres transats. C'est
la *first class* qui vient s'allonger le lard à cet
endroit… J'avise des jeunes gens qui jouent au
palet, des vieux messieurs élégants qui bouquinent
des œuvres casse-quenouilles, mais reliées pleine
peau de vache ; des dames seules confient leur
cellulite au soleil…

Quelle humanité en péril ! C'est tout en pleine
décomposition, ça, madame ! Ah ! si vous pouviez
mater ces tronches, ces corps, ces physionomies !

Des grosses mochetées, gonflées et rondouil-
lardes comme le bonhomme Michelin. (Du reste
l'une d'elles a appelé sa petite fille Micheline.)
Avec des bourrelets aux cuisses, au bide, au
fignedé… Des nichons pareils à des sacs de farine,
des bajoues. Le tout couvert de peinture, d'or, de
soie, de prétention… Couvert d'imbécillité… Des
sourires lippus ; des regards visqueux comme des
beignets mal cuits ! Ah ! les belles dames rupinos !
Bien faisandées, varicées, cellulitées, engraissées,
mais dignes ! Dignes avec du rouge aux lèvres et
aux joues, du noir et du vert et du bleu et du violet
aux châsses ! Et jaunes aussi… C'est jaune et ça ne
sait pas !… Jaune verdâtre, comme toutes les bar-

baques gâtées ! Car elles sont gâtées, ces dames…
Par la chance… d'accord ! Mais gâtées aussi par
l'âge ! Gâtées par leur mari, et gâtées par tous les
pores de la peau. Gâtées du haut en bas, de bas en
haut, de gauche à droite… Gâtées au-dedans et au-
dehors… Et elles attendent des miracles du soleil.
En v'là un qu'est pas dégoûté : promener ses
beaux rayons sur de la viande avariée ! Il n'a pas
de dignité, ou alors il protège les mouches bleues !
Il leur veut du bien ! C'est pas possible autrement !

Elles prennent des mines, des poses, des atti-
tudes, les gravosses ! Bouche en sortie de secours
pour œuf pressé ! Mirettes aux cils clapoteurs…
Elles vampent, elles troublent, elles fourragent
dans les regards comme dans leur sac à main…
Elles font l'inventaire des messieurs… Et eux,
bonnes crêpes, jouent le jeu… Chemisettes, fou-
lard de soie, futal de flanoche, crins calamistrés.
Bravo, Cadoricin !

« Vous avez perdu vos lunettes de soleil, chère
madeume ! »

« Oh ! merci môssieur, vous êtes bien n'aimable ! »

Et allez-y ! A l'abordage ! Le sabre au vent !

« Qu'est-ce que vous faites ceu soir ? »

L'emballage ! La grande kermesse du Prends-
moi-toute ! Tombola au bénéfice des laveries auto-

matiques Machin… Premier lot « une brosse à faire reluire »… Deuxième lot « une paire de patins »… Troisième lot « un exemplaire du *Kamasoutra* tiré sur japon impérial », numéroté de droite à gauche !

Je me carapate de là ! Y a des moments où mes semblables m'ulcèrent. Je me contemple en eux comme en un miroir déformant ! Oh ! c'te gueule ! C'te gueule, c'te binette !

De mon allure souple et dégagée, je franchis l'espace séparant les deux cheminées et je perçois alors des aboiements.

Sur un bateau, c'est plutôt curieux… Me fiant à mon ouïe, je grimpe un nouvel escadrin et me trouve dès lors sur une nouvelle plate-forme. Une porte basse est ouverte devant moi. Je m'aventure… Elle donne sur le chenil, car les chiens-chiens à leur douairière ne sont pas admis ailleurs qu'ici… J'avise une succession de grandes cages munies de barreaux… Deux représentants de l'espèce canine se font tartir dans deux boxes différents. L'un est un abominable pékinois aux yeux en boule de loto. L'autre un énorme boxer bringé à l'aspect peu engageant.

Je réconforte les deux bêtes de ma voix enchanteresse.

« C'étaient des bons chiens-chiens, ça, madame…, etc. »

Le pékinois est réfractaire comme une brique à mon charme. Mais le boxer, bon bougre, se met à battre la mesure avec son moignon de queue… J'ai envie de les caresser. Les animaux sont réconfortants parfois… Lui, malgré ses dents en croc, ses babines dégoulinantes et son énorme collier à clous est très sympathique.

Comme je risque ma main à travers les barres de fer, une ombre se profile dans le chenil. Je relève la tête et je trouve devant moi une gentille petite fille au regard d'azur…

Elle est mignonnette avec sa poitrine d'adolescente et son air stupide.

Qu'est-ce que je voulais encore vous dire à son sujet ?

Ah ! oui…

Elle est en grand deuil !

CHAPITRE VI

Quel âge peut-elle avoir, cette moukère ? Vingt ans ?

Elle me sourit.

— Le pékinois est à vous ? demande-t-elle.

— Non. Seulement j'aime les chiens, alors je suis venu dire un petit bonjour à ceux-ci. Le boxer vous appartient ?

— Pas à moi : à ma patronne…

— Vous êtes domestique ?

— Oui. Nurse.

Elle m'explique qu'elle vient apporter un remède au toutou. C'est un truc vitaminé, très efficace… Il y a du calcium dedans, et puis du phosphore, des hormones mâles, de l'extrait de foie de gendarme et des testicules de crapauds boliviens… Ça vaut une fortune ! Mais paraît qu'avec ça, les chiens deviennent costauds. Ça les met en appétit… Ils mordent mieux les mendiants. Dame, faut de bonnes dents, car ces gens-là sont plutôt coriaces.

J'embraye la nurse... Elle s'appelle Marlène
Poilfout, elle est née à Palpezy-le-Gros (Manche) ;
sa mère est morte le mois dernier, son père s'est
remarié la semaine d'après, elle a un frère en
Afrique du Nord, une sœur en sana et elle s'est
engagée comme nurse chez un attaché d'ambas-
sade indou en mission aux U.S.A. En ce moment,
elle voyage avec Madame et le petit garçon...
Charmant bambin, à ce qu'elle prétend. Il se pré-
nomme Aminoula et le plus drôle, c'est que ça
s'écrit comme ça se prononce. Le papa est resté à
son poste, à New York où les siens le rejoignent
afin d'y passer l'hiver... Marlène, c'est la première
fois qu'elle voyage... Non, elle ne craint pas le
mal de mer... L'Amérique ? Elle sait que ça se
trouve juste au-dessous de l'Egypte et que la Volga
y coule, mais à part ça, elle n'a aucune idée du
patelin. Elle a lu un article dans *Mon Rêve et ton
Cœur* comme quoi on y fabrique du pétrole et on
y cultive du chewing-gum. Voilà tout... Oui, c'est
ça, elle aura le plaisir de la découverte... Gari-
baldi l'a eu avant elle, bien sûr, puisque c'est lui
qui a découvert l'Amérique dix mille ans avant
Jésus-Christ, mais chacun son tour, hein ?

Vous le voyez, la conversation de cette soubrette est pleine de charme. Comme Marlène n'est
pas plus mal carrossée qu'une autre idiote de son

âge, je me dis que je pourrais peut-être me la mettre au frais pour le voyage... Ce qu'on appelle des provisions de bouche, quoi !

Je lui raconte que je vais à Hollywood engager Liz Taylor pour tourner un technicolor intitulé *Il mousse* et commandité par Monsavon ! Elle est ravie... De prime abord, j'ai tiqué en la voyant dans des vêtements de deuil, mais maintenant, à l'épaisseur de sa bêtise, je me dis que toute ressemblance entre elle et l'agent secrète que je cherche serait purement accidentelle et fortuite, cette douce enfant ayant tout ce qu'il faut pour obtenir son brevet de crétine toute catégorie.

J'essaie de lui filer un rancard, elle n'est pas contre au demeurant, mais, il faut régler la délicate question du lieu de rendez-vous... A bord d'un barlu, ce n'est pas facile, croyez-moi. Impossible de pratiquer comme dans la vie civile ; à savoir : Pam-pam, ciné, restaurant, solo de jarretelles et partie de golf en deux trous dans la forêt normande ! Non ! Une seule possibilité : le bar, le salon, la cabine... Le bar et le salon étant des endroits publics, les domestiques n'y vont pas, puisque leurs maîtres y font les ânes. Quant à la cabine, Marlène la partage avec le chérubin dont elle a la garde ! Et moi, bien que sachant combien les enfants ont le sommeil profond, je ne m'en

ressens pas pour jouer mon solo de flûte à proximité d'un mouflet endormi.

Faudra donc que je goupille une fiesta dans mes
propres appartements ; ce sera duraille vu que je
partage ceux-ci avec le Bienheureux Pinaud et Sa
Majesté Bérurier, roi des Gourdes par la disgrâce
de Dieu !

Enfin, j'aviserai...

Comme nous sommes seulâbres dans le chenil –
excepté les deux aimables chiens – je lui fais mon
numéro de Petit Casanova Libéré... Style « Vous
êtes troublante... », « Un pas de plus et vous mar-
chez sur mon cœur qui est à vos pieds... », « C'est
la Providence qui vous a placée sur mon chemin »,
etc., jusqu'à ce que, vaincue par ma faconde, elle
me laisse lui choper un de ses flotteurs... Ça fait
partie de l'exercice d'alerte. En cas de naufrage, je
serais bien content de l'avoir...

Séduite, palpitante, rougissante, elle me file la
ranque pour le lendemain dimanche à la messe.
Là, au moins, on est certain que sa patronne ne
viendra pas nous faire de l'obstruction vu qu'elle
est bouddhiste ou un truc comme ça.

Amours, délices et orgues... C'est le cas de le
dire !

Après une fin de journée assez lénifiante à
bord : cinoche, thé gambillant, jeux de société, le
lendemain radine.

Un lendemain finit toujours par arriver. C'est ce
qu'il y a de réconfortant – et d'inquiétant aussi –
dans l'existence. Parfois ces lendemains chantent
(et tantôt le grand air de l'Acné, tantôt *Tu m'as
voulu, tu m'as eu* sur l'air de *Monte là-dessus*)…
D'autres fois, les lendemains déchantent, et vous
aussi par la même occasion.

Il est, du reste, beaucoup plus fastoche de
déchanter que de chanter.

Je tiens à cette précision qui, si elle n'intéresse
pas la Défense Nationale, fait partie intrinsèque
des Beaux-Arts.

Dans mon équipe, l'euphorie est de mise.
Pinaud vient de découvrir le punch créole et Bérurier la culbute amerloque. Il ne tarit pas d'éloges
sur sa conquête, *Mistress* Lydia Hongant-Gry.

Sans relâche, il nous la raconte… Une personne
très bien : son premier mari était marchand de cra-
vates ; son second marcheur-sur-matelas[1] ; son
troisième vendait des saucisses chaudes ; son qua-

1. Authentique !

trième tenait une épicerie-pharmacie et son tout : Bérurier vend de l'extase.

Il est radieux, rouge comme un homard Thermidor, le Gros, et ce matin-là – croyez-moi ou non – il se lava les pinceaux dans le bidet !

— Y a longtemps que j'ai pas embourbé une personne de cette classe, affirme-t-il. Je voudrais que vous la visiez, une fois à loilpé ! Un corps de princesse...

— Une princesse douairière, dit Pinaud, fielleux...

— Ta gueule, déchetté ! Si qu'elle était dans ton page, ma souris, tu voudrais racler du pied ; je te l'annonce ! Brave femme, à part ça... Elle veut que j'y apprenne l'amour à la française, rigole notre éminent camarade...

— Tu parles d'un professeur, re-grince Pinuchet qui n'a pas digéré sa défaite.

— T'occupe pas ! assure Béru, elle aurait pu plus mal tomber ! Je suis p't'être pas don Juan, mais j'ai de beaux restes !

Du coup, c'est à mon tour de m'esclaffer.

— C'est pas des restes, Gros, tout juste des bas morcifs !

Il va rouscailler, mais, tel Louis XVI sur la bascule à Charlot, il est stoppé par un roulement de tambour, en l'occurrence un heurt à la porte.

Je vais délourder et je me trouve face à face avec mon petit enseigne de vaisseau. Vous ai-je balancé son blaze, déjà ? Il s'appelle Désir, son père devait être Wattman, du moins je l'espère[1].

— Mon cher commissaire, murmure-t-il... Nous avons fait diligence[2] et voici les renseignements que vous attendez...

Et de m'attriquer une feuille de papezingue à en-tête de la compagnie.

Là-dessus, trois noms. Il les commente.

— Je tiens à vous préciser que trois personnes à bord possèdent des voiles de crêpe noirs... Deux sont des dames âgées connues, du reste, dont toute la garde-robe est en deuil, si je puis dire... Il s'agit de la Générale Demy-Tour, personne de soixante-douze ans, dont le mari est mort l'an dernier, vous avez dû l'apprendre par les journaux ; et de Mme Lecas-Binay, des engrais franco-bouli-miques ! Pour cette dernière, les vêtements de deuil se justifient très bien aussi, car son frère aîné a été tué la semaine passée dans un accident...

Je piaffe autant qu'Edith.

— Et la troisième ?

1. Comme disait Charpini : « Je connais toutes les bonnes enseignes. »
2. Comme aiment à le dire nos députés, ces vains du postillon !

— La troisième est la femme d'un diplomate indou, Mme Gahrâ-Témische ! Elle entrerait dans la catégorie que vous cherchez, à savoir dans celle des personnes n'ayant qu'une tenue de deuil, seulement sa jeune nurse, elle, est en deuil ; ce voile de crêpe et la robe noire découverts dans la cabine de Mme Gahrâ-Témische appartiennent très certainement à son employée dont les bagages sont restreints...

« Voilà ! dit-il, c'est tout !

— Je vous remercie... Bravo pour la rapidité d'exécution.

Il se retire. Je reste perplexe... En moi se dessine un petit quelque chose pas piquousé des hannetons ! Voyez-vous, ce qu'il faut, quand on est poultock, c'est un minimum d'imagination. On doit construire des thèses... Si elles paraissent bien foutues, on cherche à les justifier et neuf fois sur dix on y parvient.

Mettons que le diplomate indou ait été en cheville avec Grunt ? Vous suivez ? C'est lui qui, à New York, doit négocier avec d'autres puissances la vente des fameux plans... Bon. Ne pouvant trop se mouiller, il charge sa bonne dame d'apporter le matériel... On ne se gaffe pas trop d'une digne dame avec son rejeton...

Celle-ci engage une nurse française pour s'occuper du mouflet. Elle constate que son employée est en grand deuil et ça lui donne une idée : pour réceptionner les plans et verser la mort-aux-rats à Bolémieux, elle s'affuble d'une tenue appartenant à sa nurse. Ça lui permettra de dissimuler son visage de façon naturelle. Ensuite elle regagne son hôtel, se change et fait ses valises... Cela explique que la tenue de deuil se trouve dans ses bagages à elle ! Oh ! mais dites donc, c'est du chouette, ça ! J'arrive à grandes enjambées à une heureuse conclusion... Je vous parie une faim de loup contre un loup de velours que me voilà au seuil de la réussite !

En chasse, San-Antonio ! En chasse !

— T'as l'air complètement perdu, observe Pinaud, ça ne va pas ?

— Au contraire, mon vieux pébroque... Ça boume comme jamais ça n'a boumé !

Je les charge de mission. Dans un turbin, il ne faut jamais rien laisser au hasard.

— Toi, Béru, tu vas te débrouiller pour fouiller à fond la cabine de la Générale... Explore bien à fond... Je veux du travail sérieux... Si tu trouves une maquette d'avion ou des fafs intéressants, fais-moi signe. Surtout gaffe à ne pas te laisser piquer en flagrant délit… Ça n'arrangerait pas nos affaires, tu piges ?

— T'inquiète pas, je connais mon métier.

— O.K. ! Et toi, Pinuche, même turbin dans la cabine de la marchande d'engrais… Voilà les numéros de cabine de ces dames… Travaillez lorsqu'elles seront à la soupe et évitez d'attirer l'attention du steward. Ne lui montrez vos fafs qu'à la dernière extrémité, compris ?

— Compris, San-Antonio. Le Gros fait la gueule.

— C'est ennuyant, dit-il. Moi, j'avais posé rembour à ma nana au bar…

— Va lui dire que t'as un empêchement. Invente ce que tu voudras ! Tiens, t'as reçu un pneu : ta vieille tante Amélie est au plus mal… Il hausse les épaules.

— Facile à dire… Une excuse, sur un bateau…

J'explose comme un pétard bien sec.

— Dis donc, Lagonfle ! Tu te figures tout de même pas qu'on te paie pour brosser les vieilles rombières américaines, non ?

— Faut pas m'en vouloir, San-A. J'suis mordu. Ça fait quatorze ans que j'ai pas trompé Mme Bérurier…

— Alors tu fais la relève ! Dis, tu ne vas pas devenir dingue pour une vioque qu'a déjà usé quatre bonshommes et qu'a les nichons en quart Perrier.

— On voit que tu les as pas vus, affirme le Gros avec un air d'en avoir plusieurs.

— Je m'en voudrais, je suis p't-être cardiaque. Elle a un sein qui lave la vaisselle et l'autre qui nettoie le plancher, ta déesse !

Bérurier sort en claquant la porte.

Pinaud rigole comme l'écoulement d'une chasse d'eau.

— Il retrouve ses vingt ans, murmure-t-il, tout attendri.

— Alors faudra refaire les présentations, fais-je, parce que ça m'étonnerait qu'ils le reconnaissent, ses vingt ans !

Pinaud donne un coup de peigne savant aux cent trente-quatre cheveux qui végètent sur son crâne blême. Ensuite de quoi il rebrousse un peu sa moustache pour lui donner du bouffant.

— Et toi, demande-t-il, qu'est-ce que tu fais ?

— Je change de service !

— Comment ça ?

— Je me fais verser dans la police des nurses !

*
**

Grand-messe à bord ! Le Père Colateur, annoncé à l'extérieur, célèbre la messe sur la scène du théâtre-cinéma. On a amené un autel roulant, deux boy-scouts en vadrouille servent l'office et un prêtre américain répète en anglais les paroles liturgiques.

Il y a beaucoup de monde... On se croirait à Saint-Honoré-d'Eylau. Entre nous et le premier venu[1], la cérémonie est émouvante. Je ne tarde pas à repérer ma petite Marlène, au fond de l'église-théâtre-cinéma-salle des fêtes. Elle est à croquer, avec sa poitrine qui ne doit rien aux établissements Dunlop. Elle m'attendait avec anxiété et son chapelet à la main. Un chapelet à grains roses pour faire plus gai. Elle en a déjà égrené une douzaine.

Lorsque je radine à ses côtés, elle s'arrête.

— J'ai rêvé de vous cette nuit, lui dis-je. Vous habitiez un nuage rose, et moi je vadrouillais par là avec une belle paire d'ailes !

C'est un peu fortiche pour son niveau intellectuel. Ce qu'il faut à cette torcheuse de morveux, c'est le calembour Vermot dont j'ai le secret. De la gaudriole bien française, que dis-je : gauloise ! Du simple, de l'assimilable, du pas contractant, de

_____

1. Un certain Adam. Sa femme était très jalouse. Chaque soir, avant de s'endormir, elle lui comptait les côtes !

la blague oxygénée, écrite en lettres majuscules, avec chute appuyée, eau chaude, eau froide et vue sur le Bonaparte-manchot ! Avec ces armes-là on est assuré de trouver le chemin de son escalope à crinière !

J'attends la fin de l'office, grave, recueilli comme un enfant de l'assistance ; puis je l'entraîne vers ma cabine...

Les deux célèbres duettistes Pinaud-Bérurier sont partis sur le sentier de la guerre. Je mets le crochet de protection et me voilà, présentant à la pieuse Marlène l'un des deux fauteuils de la cabine. La mer commence à se faire un peu cha-huteuse et le barlu prend plus de gîte qu'un lièvre.

— Vous n'êtes pas en sécurité sur ce fauteuil, dis-je à la déesse des nurseries... Vous devriez vous asseoir sur ma couchette.

Elle accepte.

Moi je vous l'annonce, je suis bien décidé à me l'annexer. Cette souris n'a jamais lu du Cocteau, mais elle a un physique qui respecte la loi des com-pensations. C'est une riche terre arable (et même à râble) et on doit labourer les terres fécondes.

Tout en lui jouant le deuxième acte du célèbre drame libidino-tactile *Le Haut des Bas*, je me dis qu'il ne faut pas perdre de vue mon véritable objectif, c'est-à-dire sa patronne. Je donnerais gros

pour faire une perquise sérieuse dans la carrée de
l'indouze ! Seulement, auparavant, faut que je me
rancarde sur la personne.

— Quand je pense, fais-je à la petite niaise, que
vous quittez la France, j'enrage !

— Pourquoi ?

— Je me fais pas d'illusions, aux Etats vous
allez trouver un beau Ricain plein de dollars,
champion de baise-ball par-dessus le marché, et je
ne vous reverrai plus !

— On se verra en Amérique, promet la douce
amante !

— Pff ! Pour le temps que j'y reste. Votre
patronne ne vous laissera peut-être pas sortir !

— Manquerait plus que ça !

— Je connais la musique !

— Elle est très gentille, ma patronne… Et puis,
j'ai droit à des heures de liberté !

— Ah bon ! Elle ne vous surveille pas trop ?

— Comme ça…

— Vous dînez avec elle à la salle à manger ?

— Non, j'suis t'à la salle à manger z'aux s'enfants !

— Ah oui !… Donc au premier service ?

— Oui !

— Elle doit déjeuner au second… On pourrait
se voir pendant ce temps, non ?

— Non ! Elle mange aussi au premier !

Je réprime un geste d'enthousiasme… C'est pas de chance…

Ensuite, je me tais parce que je suis parvenu dans une région en friche de la terre labourable.

— Vous allez froisser votre belle jupe des dimanches, fais-je… Vous devriez l'enlever…

Elle proteste.

— Ce ne serait pas convenable !

— Pensez-vous ! Ça se fait couramment dans la bonne société, toutes les duchesses vous le diront !

Comme j'ai déjà poussé la chaudière, elle ne rouscaille pas trop. Elle se contente de bigler sa montre.

— Madame va me demander…

— Vous lui direz que la messe était chantée… Elle quitte sa jupe, son jupon, tout son emballage et me découvre le monument à inaugurer. Très belle sculpture, je vous le garantis. Il est merveilleusement situé ! Ça mériterait un télé-reportage… Ça nous changerait des psychanalystes gâteux de la télé française qui parlent avec leurs gencives et sont présidés par une vieille dame ressemblant à un pékinois déguisé en Louis XIV.

Cette môme a tout ce qu'il faut pour se construire un entresol Renaissance au parc Monceau et se constituer une rente ! L'essayer c'est la doter ! Et puis elle est pas compliquée ! Avec elle on se sent tout de suite chez soi. Ça facilite les rapports de bon voisinage.

Comme elle a l'air d'aimer ça et que le tangage est complice, je lui déballe ma panoplie de gala. Je vous l'ai dit d'ailleurs, ça fait plusieurs jours que je n'ai pas présenté mes hommages à une dame et je commence à avoir les boules de naphtaline bouffées aux mites.

Elle a donc droit à une séance exceptionnelle dont la recette est entièrement versée aux œuvres de mer. Je lui fais le gros triomphe d'Eisenhower : « Nous irons dans la lune » ; puis, sans lui laisser le temps d'atterrir, c'est tour à tour « Un petit trou pas cher » ; « The Godd Miché »[1] ; « Le petit ramoneur » sur l'air d'Etoile des Alpes et enfin « Un coup pour jeter ma casquette, un coup pour aller la chercher ». Une merveille !

Quand j'ai terminé ma botte secrète, la môme semble avoir couru le grand steeple-chase d'Auteuil. Elle a les cannes en anneau de serviette et un regard en forme de vitraux de cathédrale.

C'est titubante (Elle a l'excuse du tangage.) qu'elle s'évacue. Il ne me reste plus qu'à attendre

---

1. Dans une traduction d'Ellery Gouine.

le retour imminent de mes fervents et dévoués collaborateurs.

Je pionce un petit chouïa, manière de rebecqueter Popaul, puis la porte laisse passer Pinaud.

Le monsieur est d'un beau vert tirant sur le bleu des mers du Sud.

— Qu'est-ce qui t'arrive ? m'enquiers-je…

— Tu ne sens pas le bateau ?

Je renifle très fort.

— Non, pourquoi, il brûle ?

— Idiot ! Il remue !

— Ben dis, heureusement, jamais on arriverait en Amérique sans cela !

— Oh ! j'ai le cœur qui me remonte dans le gosier, San-A !

— Bois un godet, ça va se passer…

— J'en ai bu cinq au bar, et ça ne passe pas !

— Alors allonge-toi… Y a un peu de brise ce matin, voilà tout ! Après le déjeuner tu seras en pleine bourre. T'as du nouveau avec la générale ?

— Rien… J'ai fouillé sa cabine, ses bagages, ses vêtements… Je n'ai… heug…

Il n'en dit pas plus long et se catapulte dans les ouatères.

Moi, je prends le parti le plus sage : celui d'aller écluser un glass en attendant l'heure du premier service…

Quand la gratouillette annonçant la tortore retentit dans les coursives du bateau, je me prends par la
main et je m'emmène en promenade du côté de la
cabine occupée par Mme Gahrâ-Témische.

Elle a une vaste cabine située tout près des pre-
mières. Dans le couloir en face, se trouve celle de
Marlène. Ma petite nurse y loge avec le môme
confié à sa vigilance.

Une fois chez la femme du diplomate indou,
j'entreprends la plus sérieuse inspection à laquelle
je me sois jamais livré… Je fouille les placards, les
valises, les lits, les plafonniers, la chasse d'eau. Je
palpe les cloisons, la moquette, les tuyaux… Bref,
j'entreprends une opération de très vaste enver-
gure. Mais le résultat est négatif. Seul fait positif,
je déniche en effet une robe noire et un voile de
crêpe dans un tiroir de la commode… Qu'en
conclure ? Que je fais fausse route ou que je suis
sur le bon tapis ?

Je vais reluquer à tout hasard la cabine de ma
gentille masseuse de prostate. Elle est plus
modeste et plus en désordre. Il y a une valoche
pleine de jouets… et un placard également plein

de jouets… J'ai idée que le môme Aminouche doit être gâté comme une poire blette !

Pas trace de plan ni de maquette. Zéro, en toutes lettres ! Déçu, battu, consterné, rageur, mauvais… Je retourne au bar pour me téléphoner un bourbon. A bord des barlus, les alcools sont dédouanés et on les paie un prix dérisoire… C'est le moment de faire son plein !

Béru est dans le fond, avec Mrs Hongant-Gry. Tout en faisant un sort à un pastis épais comme du mortier, il lui roucoule des choses délectables dans les étagères à mégot. Il devient galantin, le Gros. Maintenant, quand il est en compagnie d'une dame, il pose son bitos et il arrange ses crayons à la Marlon Brandade[1].

Je m'avance. La mère Chewing-gum me virgule un sourire, du genre serpentin, qui s'entortille après mes muqueuses.

Je m'incline, cérémonieux comme un prince russe.

— Du nouveau ? je demande de profil à Bérurier.

Il secoue la calbèche.

— Des clous, mec ! Inscrivez : pas de chance…

Je m'assieds à leur table.

---

1. Ça plaît aux morues.

— Tu veux que je te dise, déclare le Gros, on s'est laissé avoir. La bonne femme que nous cherchons n'est pas à bord !

Je ne suis pas loin de partager son défaitisme. Oui, on s'est gouré sur toute la ligne[1] !

Je m'abstiens d'aller au restaurant. Les quelques amuse-gueule salés grignotés pendant l'apéritif m'ont enrayé l'appétit. Pinaud, malade comme un chat écrasé, garde la cabine.

Béru peut donc, à loisir, jouer son grand air pour sa belle.

Je me dirige vers la bibliothèque, l'âme en peine. Si j'ai fait chou blanc, je vais la sentir passer et drôlement me faire tartir à bord... Près de deux semaines à fainéanter sur ce bateau, c'est affligeant. Moi, j'aime les croisières rapides, j'ai le côté spoutnik !

Sur le seuil de la bibli, je vois passer Marlène, tenant un petit garçon-café au lait à la main. Une dame très brune, très belle, très noble, les précède... D'après ce que je pige, il s'agit de la femme du diplomate. Elle aurait assez une allure d'espionne internationale, cette péteuse. Seulement

---

1. Y compris la ligne transatlantique.

les espionnes ressemblent à n'importe qui, sauf à des espionnes.

La dame dit un mot à Marlène et se dirige vers la salle de lecture… Moi, je me mets à filer le train à mon petit brancard !

J'arrive à sa hauteur dans l'escalier et, sans que le lardon fasse gaffe, je lui susurre :

— Cache-le dans la salle de jeux des enfants, comme ça on pourrait se revoir un moment, non ?

Elle est d'accord.

Tout se passe bien. Cinq minutes plus tard, nous sommes dans sa cabine, la mienne étant inutilisable du fait de la présence de Pinuchet malade.

Elle commence à se dessabouler lorsque voilà les haut-jacteurs du barlu qui entrent en fonction. Un mec débite une petite tirade en anglais… D'après ce que j'entrave, c'est l'exercice d'alerte qui va commencer, d'ici à quelques minutes.

— Oh oui ! c'est vrai, fait Marlène, je n'y pensais plus…

Et de décrocher la belle ceinture de sauvetage orange fixée au-dessus de son lit.

A cet instant, le haut-parleur répète la phrase en français, puis en espago et en chleu.

— Ça tombe mal, dit-elle… Il faut que je retourne chercher le petit, j'avais complètement oublié cet exercice d'alerte.

« Filez vite, car Madame va sûrement venir chercher sa ceinture à sa cabine.

Je gagne la porte. Au moment de l'ouvrir, je m'arrête pile. En moi une sonnerie retentit. Cette sonnerie, vous la connaissez si vous avez ligoté mes précédentes œuvres[1], indique que je suis branché sur la force ! Il se passe quelque chose… Quoi ?… je l'ignore… Mais ça ne tourne pas rond. Et puis ça me vient illico, comme vient la lumière lorsqu'on appuie sur le commutateur quand l'E.D.F. n'est pas en grève. Je repousse la porte et vais à ma soubrette.

— Dis, Marlène, tu parles l'anglais ?

Elle prend son air le plus glandulard.

— Moi ! Non, hélas !… J'aimerais bien causer des langues… Papa, lui, parle couramment le breton…

Je la visionne bien, très posément, très longuement. Elle a aux lèvres un sourire niais qui peu à peu s'atténue…

Je ne quitte pas ses yeux bêtes. Je les guette comme on surveille du lait sur le point de bouillir.

— Grunt s'est fait descendre, lui dis-je, tu savais ça ?

1. Soit une multitude d'ouvrages qui tous ont eu un prix… même qu'il était imprimé au verso de la couverture.

Elle devient livide et son regard perd brusquement de sa bêtise.

Alors je lui montre ma carte.

— Commissaire San-Antonio, des services spéciaux…

Elle réagit. D'une voix molle, elle balbutie :

— Je… Mais je ne comprends pas… Qu'est-ce que vous me racontez ? Pourquoi vous me faites ces yeux-là ? Vous êtes policier ! Je n'ai rien fait de mal… Je… je suis…

Elle n'achève pas car je lui file une mandale, à la volée… Quand je dis une, c'est façon de parler. Un revers, quoi ! sur sa médaille, comme ça ses deux profils seront à l'équerre. Le premier coup lui fait bouger la tête, le second l'envoie basculer contre la cloison.

— Inutile de chiquer à la gourde, Marlène… Je t'ai démasquée ! Tout à l'heure, quand ils ont annoncé l'exercice d'alerte au micro, contre toute habitude, ils ont commencé l'annonce en anglais… Tu as pigé tout de suite puisque tu as attrapé ta ceinture avant qu'ils ne la répètent en français…

Je poursuis… Mais, cette fois, je marche en terrain glissant.

— La première partie du coup a réussi, Bolémieux a pu embarquer les documents et la maquette, mais c'est la seconde qui a mal tourné.

Lorsque Grunt a flingué le rital, nous étions là, et il a pris une rafale de mitraillette dans le baquet... C'est lui qui, avant de canner, nous a craché le morceau... Il t'a donnée, ma vieille... Nous sommes arrivés trop tard pour t'empêcher d'assaisonner l'ingénieur, mais à temps au moins pour prendre *Liberté*. Voilà tout...

Elle change brusquement. La transformation est radicale. Ce n'est plus une gourde mais une furie qui se trouve devant moi. La voilà qui me saute dessus, les griffes en avant. Une vraie panthère ! J'ai juste le temps d'esquiver et de lui filer une manchette jab sur la nuque... La môme s'écroule.

Flegmatique, j'appuie sur le bouton d'appel du steward. L'homme à la veste blanche radine.

— Madame s'est trouvée mal ? s'affole-t-il.

— Non, c'est moi qu'elle a trouvé pas mal. Alors elle a eu le coup de foudre !

Je lui ordonne d'aller me chercher d'urgence Désir, l'enseigne de vaisseau.

Cinq broquilles après, mon mentor s'annonce.

— Je suppose qu'il existe une prison à bord ?

— Une prison, non, fait-il... Mais nous avons une cabine pour les gens en défaut...

Voilà qui s'appelle jouer sur les mots. Je reconnais bien là l'élégance maritime.

— On va y conduire cette fille.

— C'est celle que vous cherchiez ?

— Oui… Il me faut un endroit tranquille pour l'interroger à mon aise.

Il doit comprendre le sens caché du verbe « interroger » – la réputation de la police n'étant plus à faire –, car un sourire vaguement ironique se dessine sur ses lèvres.

— Suivez-moi.

Je jette un verre de flotte sur le minois de la poulette, elle revient du sirop, le regard acéré comme un pic à glace.

— Suis-nous, ma belle, lui dis-je en l'aidant à se relever. On va t'emmener dans un coin discret où nous pourrons bavarder à notre aise, toi et moi. On a beaucoup de choses à se dire, et le temps de se le dire !

— Je ne sais rien, fait-elle sans lâcher mes yeux.

— Une fille comme toi a toujours quelque chose à raconter ! Surtout quand on sait lui poser les questions. Allez, en route… Je ne te passe pas les menottes afin de ne pas ameuter les voyageurs ; on va défiler comme trois bons petits diables, hein, chérie ?

On dirait soudain un corps sans âme.

Nous sortons et longeons le couloir mine de rien… L'officier nous précède dans un dédale de coursives qui s'entrecroisent… La môme est entre nous deux, c'est-à-dire que je ferme la marche au verrou.

Soudain, comme nous passons devant un couloir perpendiculaire au nôtre, Marlène bondit. Je tends la main pour l'arrimer, mais elle se baisse d'instinct et ma pince à sucre se referme sur nibe. La môme ne perd pas de temps. Elle s'élance dans l'escalier à toute vibure, moi au prose ! J'ai beau mettre le grand développement, je n'arrive pas à remonter mon handicap.

Elle a des ailes, ou alors elle a été élevée dans la poche revolver de Zatopek ! Elle remonte un pont, deux ponts ! Nous voilà au pont supérieur… Elle passe devant le grand salon et bouscule le steward de deck qui défilait avec un plateau. Le plateau se trouve pâle, le steward aussi.

C'est le grand marathon. Les gens se détranchent sur nous, pensant qu'il s'agit d'un nouveau jeu de société ou d'un concours de touche Zibeline. Moi, j'enrage ! Non, mais qu'est-ce qu'elle espère, cette tordue ! Prendre un taxi et disparaître ? Où ça va la mener, cette fuite ?

Elle court à perdre haleine le long des mecquetons vautrés dans leur transatlantique sous le soleil d'automne. Et puis, brusquement, elle s'arrête :

— Vous n'empêcherez pas les documents d'arriver, hurle-t-elle.

Tout en parlant, elle empoigne la rambarde et saute par-dessus le bastingage !

Des cris retentissent ! Je m'arrête, confondu. Elle vient de se filer à la baille, Marlène ! Elle est parvenue à me dire au revoir ! Je crois que si elle avait eu le temps de me faire un pied de nez, elle se le serait payé !

Je me penche, imité en cela par tous les assistants... Quand on est à bord d'un barlu, on ne se rend pas compte de sa vitesse. Pourtant, lorsque quelqu'un en tombe, en un clin d'œil on est loin de lui... Marlène, tout à coup, ce n'est plus qu'un petit point sombre qui remue dans le merveilleux moutonnement blanc du sillage laissé par *Liberté*.

On crie... On hurle autour de moi. Un dingue décroche une bouée de sauvetage et la balance à la sauce... La bouée se trouve à cent mètres au moins de Marlène. Elle flotte comme l'auréole d'un saint marin déchu... Le bateau ralentit et court sur son erre... Même quand les moteurs sont stoppés, il continue sur sa lancée... Loin derrière, le point sombre qu'est Marlène disparaît, réapparaît brièvement et soudain la mer est comme vide !

Il ne reste que ce sillage miraculeux que le soleil transforme en lumière fantastique, en lumière solide… Il ne reste plus que les vagues pointues, nombreuses, dansantes qui semblent se poursuivre jusqu'au fond de l'infini…

CHAPITRE VII

Quatre jours plus tard, nous parvenons en vue des côtes américaines. Je suis dans une rogne extraordinaire. Je crois que jamais je n'ai autant souffert d'un échec, car c'en est un, et d'une qualité assez particulière !

Non, ne vous frisez pas les poils du bide, c'est un échec, j'emploie le mot qui convient à la situation. Car l'étrange Marlène est morte avec son secret[1]. J'ai eu beau recommencer la fouille de sa cabine, je n'ai rien trouvé... Rien ! Au début, j'ai suspecté la femme du diplomate à cause du voile noir[2], mais elle a pu se justifier. L'Indoue avait engagé Marlène par l'intermédiaire d'une agence de placement et j'ai eu, par câble, confirmation de ses dires. De plus, l'alibi de la dame concernant la

---

1. Comme on dit dans les romans bien écrits.
2. Ou sacreblanc s'il y a des daltoniens parmi vous Elle avait proposé à la nurse de les mettre dans ses propres bagages car les valises de Marlène étaient emplies de jouets du môme Aminouche.

nuit tragique a été épluché : il est sans bavure…
Enfin, son pedigree plaiderait, s'il en était besoin,
en sa faveur. Elle est, en effet, la fille du maharad-
jah Kelpèzekhila, grand ami de la France !

Pourtant, sacrebleu, ces plans, cette maquette,
la môme Marlène les embarquait bien aux Etats !
Pourquoi sinon se serait-elle fait engager comme
nurse ? Pourquoi aurait-elle empoisonné Bolémieux ?

J'ai épluché son passeport et j'ai vite pigé qu'il
était bidon. Son signalement transmis par téléra-
dio donne à penser qu'il s'agissait d'une amie de
Grunt, une Autrichienne nommée Marlène
Stroumpf ! Seulement tout ça ne nous avance pas
à grand-chose.

« Vous n'empêcherez pas les documents d'arriver ! » m'a crié cette garce avant de canner.
Conclusion, double conclusion : ceux-ci sont à
bord et quelqu'un les attend à New York.

Et tout est goupillé de manière à ce que le
débarquement des plans et de la maquette s'effec-
tue sans complication…

Nous sommes dans notre cabine, tous les trois,
silencieux comme des escargots. En moi il y a un
frémissement pareil à celui que vous provoque
une trop forte absorption de caoua.

Le Gros, planqué derrière le hublot, nous minge

la lumière, comme disent les Marseillais. Sa bouille de méduse doit méduser[1] les poissons volants.

Soudain, il se met à bramer.

— Ça y est ! je la vois…

— Quoi ? soupire Pinaud qui commence à se remettre de ses cinq jours de nausées.

— La Liberté ! Mordez, les mecs ! Elle est balaize avec son calumet !

Sollicité par cet élément touristique, et pour rendre un hommage posthume à Bartholdi, nous rejoignons le Gros derrière l'épaisse vitre circulaire.

Au loin, dans une légère brume teintée de mauve par le soleil levant, nous voyons se dresser, sur un îlot, le populaire monument.

— Cette Liberté-là est bien comme l'autre, soupiré-je… Elle est moisie…

— Ça fait tout de même quéque chose, larmoie Pinuche. Depuis le temps qu'on en parle ! En ce temps-là on voyait grand ! Regardez les bateaux, autour, comme ils sont petits en comparaison…

— C'est surtout qu'on avait le temps, souligne Béru. Tu vas pas me dire, mais c'est tout de même superflu !

---

1. N'oubliez pas que Montesquieu, dans un grand cri persan, a dit de moi que j'étais un acrobate du langage !

— On devrait grimper sur le pont, suggère le vieux crabe… Sûrement qu'on y voit les gratte-ciel !

Je les retiens d'un geste…

— On aura le temps de les voir, *Liberté* reste deux jours à quai avant de repartir…

Ils s'assoient, résignés… Je fais claquer mes doigts.

— Pour tout vous dire, poursuis-je, je me fous des gratte-ciel. Je n'ai qu'un truc en tête : ces plans, cette bon dieu de maquette ! Penser qu'ils sont là, tout près, que dans quelques heures ils vont quitter le barlu, c'est-à-dire quitter la France… Et ne rien pouvoir faire… Je vous jure que c'est rageant !

— Que veux-tu, soupire le Bérurier, on a fait ce qu'on a pu…

C'est vrai. J'ai fouillé les bagages de cale de la femme du diplomate, avec l'aide du bagage master ; j'ai passé au crible tout le courrier déposé par les passagers chez le bibliothécaire ; j'ai refouillé la cabine de la suicidée… En vain… Par mesure de précaution, j'ai fait apposer les scellés sur la lourde… Je tiens à ce que les autorités françaises conservent la possibilité de démanteler la cabine si elles le jugent utile…

— Tu m'enlèveras pas de l'idée, fait Béru, que

la pétasse avait un ou plusieurs complices à bord...

Je hausse les épaules.

— Non, je ne crois pas. Telle que l'affaire apparaît, avec le recul, ce coup a été réalisé par un couple « Grunt et Marlène ». Si l'équipe avait été plus forte, ni l'un ni l'autre ne se seraient mouillés à buter eux-mêmes les complices occasionnels. Grunt était un gars fini, archibrûlé en Europe. Il a voulu réaliser à son compte un coup rentable et se retirer dans un coin tranquille du monde pour y finir sa vie de salaud ! Je vous fous mon bifton qu'il a agi uniquement avec sa poule...

— Alors, que veux-tu qu'elle ait maquillé du fourbi ! grogne le Gros.

Il est maussade, depuis deux jours. Sa Ricaine lui a demandé de divorcer pour l'épouser. Comme il a dit non, elle l'a envoyé chez Plumeau, et maintenant il a le slip en berne, le Gros !

Pinaud, qui est vert comme un conifère, avec ses yeux en fiente de pigeon non constipé, soumet son idée personnelle.

— Elle gardait peut-être tout le matériel sur soi ?

Je hausse les épaules.

— Non. J'ai eu l'honneur et l'avantage de déloquer la dame. Je peux t'affirmer qu'elle ne cachait

rien qui pût intéresser le patrimoine national…
Admettons à la rigueur qu'elle ait pu planquer les
plans dans ses doublures… mais la maquette, en
tout cas, était incachable dans des dessous fémi-
nins !

— Je donne ma langue au chat, déclare Bérurier…

Je zyeute sa grosse menteuse blanche du dessus
et épaisse comme une langue de veau.

— Les chats ont leur dignité, Gros, affirmé-je.
Et ils ont aussi le cœur fragile. Moi, je serais gref-
fier, j'aimerais mieux me taper un rat crevé que ta
menteuse !

— Merci !

Je suis survolté. Ces six *days* sur le bateau
m'ont empli à ras bord d'électricité. J'aimerais
casser la figure de quelqu'un, trousser une fille,
visionner une émission d'André Gillois, enfin
faire quelque chose qui défoule !

Pinaud regarde sa montre.

— Huit heures moins dix, annonce-t-il. A
quelle heure commence le débarquement ?

— Vers dix heures ! Paraît que ces gabelous,
lorsqu'ils arrivent à bord, commencent par aller se
cogner la cloche au restaurant[1]. Après le breakfast

---

1. Authentique.

à la française, ils vont visionner les passeports…
Puis ils remettent ça au buffet ! Le prestige de
notre cuisine, mon vieux, compense le discrédit de
nos gouvernants[1].

— Donc il nous reste deux heures devant
nous…

Il médite. Son regard coagulé est immobile.

— On dirait que tu penses, ricané-je.

— Je pense, ratifie le Vioquart !

— A quoi ?… demande Bérurier.

— Aux documents. La môme les avait planqués
de façon supérieure, seulement s'ils débarquent,
quelqu'un va les sortir de leur cachette, non ?

Je suis sensible à cette démonstration perti-
nente. Pinuche c'est ça : il est gâteux, ramolli du
bulbe… Ses cellules grises manquent de phosphore, la prostate le guette ; son foie est bouffé
aux mites, il a des charançons dans les précieuses,
un commencement d'ulcère lui taraude l'estomac,
une fin de bronchite lui comprime les soufflets, et
pourtant, dans les cas graves il est là, toujours très
digne, avec ses yeux chassieux, sa moustache
râpée, ses fringues qui sentent le vieux tombeau
pas entretenu… Oui, il est là, une parole sensée au
coin de la bouche. Tranquille et pertinent !

1. Re-authentique !

Justifiant l'enveloppe que l'Etat français lui remet à la fin de chaque mois.

— Bravo ! Pinuche, m'exclamé-je… Oui, il faut réagir…

— Si on allait vérifier les scellés de la porte ? suggère encore cet aboutissement de la sénilité humaine.

— Allons-y !

Et nous voilà partis, à la queue leu leu vu l'exiguïté des couloirs. Il y a une forte effervescence à bord. L'arrivée colle de l'électrac aux gens. Ça jacte en toutes langues, ça rigole, nerveux… On s'est loqué… Des monceaux de valoches sont entreposées près des portes des cabines… Les stewards ont le sourire. Ils enfouillent les pourliches somptuaires que leur balancent les passagers.

Nous arrivons devant la ci-devant cabine de la môme Marlène. Nous voyons *illico* que rien n'a été touché à la porte…

Comme nous nous apprêtons à faire demi-tour, la dame indoue se radine, ficelée façon princesse des mille et une noyes.

Elle me connaît, *because* que je lui ai déjà fait subir molto interrogatoires.

— Messieur commissaire, gazouille la belle

brune au regard d'anthracite de la Ruhr, pourrais-
je réprendre jouets des mon enfante ques estont
dans cette cabine ?

Je la zyeute. Elle est grave, avec les sourcils
froncés. Pinaud me file un coup de coude cagneux
dans le placard.

— Mais certainement, fais-je.

Sans hésiter je fais sauter les scellés. J'ouvre la
porte et je m'efface[1] pour laisser entrer la dame
indoue !

Elle pénètre dans la cabine exiguë, suivie de
nous trois.

Elle pique une valoche de porc dans la penderie.

— Cette valise est à moi !

J'opine, comme un bon cheval.

Alors elle se met à ramasser les jouets épars
dans l'étroite pièce. Le bambino ne doit même
plus s'en servir car y en a trop. Tous les petits
Indous ne clabotent pas au bord du Gange en pensant au lait des vaches sacrées ! Il y a ceux qui ont
un papa à la redresse... Ceux qui ont besoin de
nurse, de jouets électroniques, de vaccins préven-
tifs... Bon, je m'arrête, car le blabla ne sert pas à
grand-chose.

On voit que la femme du diplomate n'a pas

---

1. Pour vous effacer, employez les gommes Farjon !

l'habitude de faire des valoches, car elle empile les jouets pêle-mêle... Y a des bateaux à moteur avec projecteur qui s'éclaire, y a des autos qui se pilotent à distance, des animaux qui poussent les cris inhérents à leur corporation : un bœuf qui fait meuh ! un chat qui fait miaou...

— Vous permettez ? dit tout à coup Pinuchet...

Il se baisse et cueille dans la valise un avion peint de couleurs criardes... Les ailes sont rouges, le pucelage[1] est bleu ; la queue violette, etc.

L'Indoue ne prête même pas attention. Pinaud, le gâteux... Pinaud le nauséeux, Pinaud le cradingue, le chassieux, le malodorant, le flanelleux, le goutteux, l'ulcéreux, l'aqueux, le vieux, le vieux... Pinaud examine l'avion de près...

— Je crois que voilà ce que tu cherches, San-A., murmure-t-il.

Je bondis...

— Montre...

— Tu peux regarder, avertit le digne homme, on a peint ça en vitesse et en amateur ! La peinture est à l'huile, on l'a passée n'importe comment... Elle déborde par endroits... Là, il y a un manque... Et tu constateras qu'il n'y a pas de *Made in* comme il est de règle sur les jouets...

1. Comme dit ma rosière.

Je le serre sur mon cœur. Pas Pinaud, l'avion !
Je l'ai reconnu ! Bien que ne l'ayant jamais vu ! Il
a une forme jamais vue auparavant. De plus, ayant
gratté la peinture du bout de l'ongle, je constate
qu'il est fait d'un métal léger, très curieux…

La dame indoue nous regarde. Elle est à peine
surprise. Pas troublée le moins du monde.

— Vous connaissiez ce jouet ? je demande…

Elle hausse les épaules.

— Il en a tellement. Je n'en fais pas le recense-
ment…

Plus j'examine cet avion miniature, plus je suis
certain que Pinaud a mis dans le mille.

— Vous ne voyez pas d'inconvénient à ce que
je le garde ?

— Du tout…

Bérurier est maussade. Il vient de se faire souffler la vedette par Pinaud et ça le met dans tous
ses états[1].

— Si elle a planqué la maquette dans les jouets
du chiare, elle a dû aussi y camoufler les plans,
non ?

Du coup je congédie la dame en lui ordonnant de
nous laisser carte blanche. Dès qu'elle est sortie,

---

1. Comme aurait dit Charles Quint !

nous voilà à jouer les vandales. Chacun pique un jouet et le détériore pour voir ce qu'il y a dedans... Ça nous rappelle notre belle jeunesse enfuie.

Et je t'ouvre le bide de la poupée, les bosses de polichinelle ! Je te sors les tripes en crin du bourrin ; je te fouille les entrailles du bœuf... Un vrai carnage... Bientôt la cabine ressemble à un magasin de vaisselle où l'on aurait enfermé une famille de singes.

Une heure après nous nous redressons, épuisés, les doigts en sang, les ongles cassés, bredouilles !

— Elle a dû trouver une autre combine pour les plans, soupire le Gros...

— Sûrement...

— Enfin, déclare Pinuche qui n'est pas mécontent de lui, on a tout de même retrouvé la maquette, ça calmera toujours le Vieux... Pour tout dire, ça paie le voyage... J'aime pas dépenser de l'argent pour rien. Tenez, je vois ma femme. Elle souffre du duodénum, eh bien ! chaque fois que quelqu'un lui indique un nouveau remède, faut qu'elle l'achète...

On le vire de la cabine.

L'avion sous le bras, je gagne le pont avec mes deux acolytes. L'instant est émouvant. Nous venons de passer la pointe de Manhattan hérissée de gratte-ciel fantastiques dont les sommets se perdent dans un brouillard ténu. Le soleil sur tout ça sème sa poudre d'or[1]... L'air a comme une odeur nouvelle... Nous doublons une « foultitude » de petits bâtiments, de caboteurs, de cargos battant pavillons multiples.

Liberté manœuvre au ralenti. Il s'engage entre les quais de la *French Line*. C'est plein de monde qui attend dans les docks immenses. On voit une armée de porteurs et de douaniers... Ces messieurs du service d'immigration qui ruminent leur gum des grands jours...

Le port immense fait un baroud terrible. Partout des sirènes mugissent, hululent ou glapissent[2]...

— L'Amérique, fait Pinaud, ses yeux baveux écarquillés.

— L'Amérique, répète le gros Bérurier, en extase... Si je croyais qu'un jour...

Moi aussi, je ne puis m'empêcher de soupirer... L'Amérique... Ça fait quelque chose. C'est un choc, quoi ! Un contact ! Une rencontre ! C'est l'Amérique... Tentaculaire, pharamineuse, incroyable !

Les gens se taisent, émus... Partout les appareils-photo entrent en action. On veut figer cet instant sur du papelard... Oui, plus tard il perdra de

---

1. Image très poudre aux yeux !
2. Je suis réputé pour la variété de mon vocabulaire.

sa réalité, ça deviendra comme un rêve improbable plus léger que cette brume…

— Montons tout en haut, suggère Béru, on
verra mieux…

Nous grimpons sur le dernier pont avant la passerelle.

En effet, on voit mieux… On a une vue plon-
geante sur les quais… On voit en enfilade la
48e Rue, avec des taxis jaunes et verts, jaunes et
rouges, jaunes et violets… Des gens inconnus, des
nègres, des quais jonchés de papiers gras, d'embal-
lages, de gobelets de carton…

Derrière nous, il y a le chenil. Le boxer et le
pékinois, affolés par le fracas de toutes ces
sirènes, apportent leur contribution personnelle.
Ils sentent confusément qu'il se passe quelque
chose ; qu'il se passe « l'Amérique »…

— Y a des gailles à bord ? s'étonne Béru…

— Oui, deux, viens, on va les calmer…

Nous entrons dans le chenil. Notre présence en
effet réduit les deux bêtes au silence. Moi,
j'évoque l'apparition de Marlène le jour de notre
embarquement. Ça me paraît très loin… Et puis,
sans que je le veuille, je me mets à gamberger… Je
me pose des questions qui ne m'étaient pas encore
venues au caberlot. Par exemple, comment se fait-

il qu'une fille accomplissant une mission aussi
délicate ait eu le courage de s'envoyer en l'air ?

A cette question j'oppose une réponse valable…

« Parce qu'elle se méfiait de moi. »

O.K.[1] !

Pourquoi se méfiait-elle de moi ? Rien ne pouvait
me désigner à l'attention des autres passagers…

Je caresse le brave boxer à travers ses barreaux…
Si, je pige. *Ce qui a éveillé ses soupçons c'est un*
fait *anodin, accidentel… Un fait du hasard !*

Elle a eu peur que je sois un flic, en me voyant
dans le chenil !

Le chenil ! N'était-ce pas comme une annexe de
la cabine de Marlène ! Une annexe que je n'ai pas
fouillée !

Je sors mon Sésame de ma glaude.

— Qu'est-ce que tu maquilles ! s'inquiète Béru
en me voyant délourder la niche du gros Médor.

— Une idée à moi. Tu tiendras le toutou pendant que j'explorerai sa cage…

— Molo, mec ! Et s'il me plante ses ratiches
dans le valseur ?

— Tu iras à l'infirmerie, le rassuré-je…

J'ouvre. Je passe la main afin de cueillir le
chien par le collier car l'animal, flairant la liberté,

---

1. V'là que je subis l'atmosphère !

veut se précipiter out ! Béru le chope à son tour. Ça me donne à moi la liberté de mes mouvements.

— Regardez-moi ce gentil petit chien, flatte le Gros...

Il a les copeaux, Béru... Son dargeot n'est pas une pièce d'orfèvrerie, mais il y tient quand même.

— Oh ! oui, madame, gazouille-t-il... Ça n'était un toutou gentil, gentil... Un bon toutou à son pépère...

Bon zig, le boxer lui refile un coup de patte-mouille sur le museau.

Béru, mis en confiance, caresse le chien... Pendant ce temps j'explore la vaste niche. Outre l'auge pour la pâtée, l'abreuvoir de zinc et quelques surplus canins, je ne trouve rien...

— Que dalle ? demande Pinaud.

— Oui !

Je m'apprête à remettre le chien dans sa cage. Béru pousse une exclamation.

— Je m'ai piqué la main à cette saleté de collier à clous, rouscaille-t-il. On n'a pas idée de foutre ça à une bête... Il est pourtant pas méchant, ce roquet !

Saisi d'une nouvelle idée[1], j'ôte le collier du

_____

1. J'en ai tellement que je suis obligé de leur donner des tickets d'appel.

chien. Un clair sourire illumine ma face de jeune premier. Le cuir du collier est gonflé de façon anormale... Ça craque sous les doigts et je repère une couture curieuse sur la tranche du collier.

— Passe-moi ton Opinel, Gros.

J'incise sur ce point[1].

Il y a des fafs à l'intérieur... Du papier pelure roulé menu et couvert de dessins cabalistiques : les plans !

Je montre ma découverte à mes associés.

— Regardez, mes enfants !

— Les documents ? demande Béru...

— Et aussi la preuve de mon génie ! Le Gros se marre.

— Tu devrais mettre des bandes molletières, dit-il, avec ces coups de latte que tu te balances dans les chevilles, ce serait plus prudent...

— Alors, murmure Pinaud, si je comprends bien, c'est le triomphe sur toute la ligne !

— En tout cas sur la *French Line*, déclaré-je, doctement.

Le Gros ne rit pas. Il pense à sa Ricaine qui va aller se faire « répouser » ailleurs. Peut-être aussi à Mme Bérurier qui doit se faire épouser par intérim à domicile et à l'essai pendant son absence.

---

1. Quel humour, croyez-vous !

— Quelle heure est-il ? demande-t-il.

— Dix plombes.

— Ça fait combien à Paris ?

— Cinq heures, je crois…

Il réfléchit un instant, les yeux fixés sur le boxer.

— Ma femme doit dormir, fait-il brièvement en écrasant une larme, elle en écrase toujours après une nuit d'amour !

FIN

THE END

MORCEAUX CHOISIS

Ironiques, insolentes, cinglantes, corrosives,
cruelles, paillardes ou hilarantes,
les réflexions de San-Antonio vous feront
pleurer de rire ou grincer des dents.

Disponibles chez votre libraire :

1. Réflexions énamourées sur les femmes
2. Réflexions pointées sur le sexe
3. Réflexions poivrées sur la jactance
4. Réflexions appuyées sur la connerie
5. Réflexions sur les gens de chez nous
   et d'ailleurs
6. Réflexions passionnées sur l'amour
7. Réflexions branlantes sur la philosophie
8. Réflexions croustillantes sur nos semblables
9. Réflexions définitives sur l'au-delà
10. Réflexions jubilatoires sur l'existence

Un guide de lecture inédit élaboré
par Raymond Milési

REMONTEZ LE FLEUVE AVEC
LE COMMISSAIRE SAN-ANTONIO

La première aventure du commissaire San-Antonio est
parue en 1949. Peu à peu, ce personnage au punch et à
la sincérité extraordinaires a pris dans le cœur des lecteurs de tous âges une place si importante qu'on peut
parler à son sujet de véritable *phénomène*. Qu'il
s'agisse de son exceptionnel succès dans l'édition ou
de l'enthousiasme qu'il provoque, on est en droit de le
situer — et de loin — au premier rang des « héros lit-
téraires » de notre pays.

1. Bibliographie des aventures de San-Antonio

A) La série

Jusqu'en 2002, la série était disponible dans une collection appelée « *San-Antonio* », abrégée en « **S-A** »,
**avec une numérotation qui ne tenait pas compte –
pour une bonne partie – de l'ordre originel des
parutions.**

La collection garde le même nom mais, à partir de
2003, **sa numérotation va respecter l'ordre chronologique.**

Dès lors, la bibliographie ci-après se consulte de la façon suivante :

- En tête apparaît le numéro « chronologique », celui qui figure sur chaque roman réimprimé *à partir de 2003*.
- Après le titre vient, entre parenthèses, la date de première publication.
- Puis est indiquée la collection d'origine (Spécial Police de 1950 à 1972 et **S-A avec l'ancienne numérotation** : reprises et originaux de 1973 à 2002).
- O.C. signale que le titre a été réédité dans les Œuvres Complètes, le numéro du tome étant précisé en chiffres romains.

■■■■■■■■■■■■■

1. **RÉGLEZ-LUI SON COMPTE** (1949)
   (S-A 107) – O.C. XXIV

2. **LAISSEZ TOMBER LA FILLE** (1950)
   Spécial-Police 11 – **(S-A 43)** – O.C. III

3. **LES SOURIS ONT LA PEAU TENDRE** (1951)
   Spécial-Police 19 – **(S-A 44)** – O.C. II

4. **MES HOMMAGES À LA DONZELLE** (1952)
   Spécial-Police 30 – **(S-A 45)** – O.C. X

5. **DU PLOMB DANS LES TRIPES** (1953)
   Spécial-Police 35 – **(S-A 47)** – O.C. XII

6. **DES DRAGÉES SANS BAPTÊME** (1953)
   Spécial-Police 38 – **(S-A 48)** – O.C. IV

7. **DES CLIENTES POUR LA MORGUE** (1953)
   Spécial-Police 40 – **(S-A 49)** – O.C. VI

→   À partir du 108e roman ci-dessous, la numérotation affichée auparavant sur les ouvrages de la collection « *San-Antonio* » correspond à l'ordre chronologique. Le numéro actuel et le précédent sont donc identiques. Mais, pour éviter toute équivoque, nous continuons tout de même à les mentionner l'un et l'autre jusqu'au bout.

167. DE L'ANTIGEL DANS LE CALBUTE (1996)
(S-A 167)

168. LA QUEUE EN TROMPETTE (1997)
(S-A 168)

169. GRIMPE-LA EN DANSEUSE (1997)
(S-A 169)

170. NE SOLDEZ PAS GRAND-MÈRE, ELLE BROSSE
ENCORE (1997)
(S-A 170)

171. DU SABLE DANS LA VASELINE (1998)
(S-A 171)

172. CECI EST BIEN UNE PIPE (1999)
(S-A 172)

173. TREMPE TON PAIN DANS LA SOUPE (1999)
(S-A 173)

174. LÂCHE-LE, IL TIENDRA TOUT SEUL (1999)
(S-A 174)
(ces deux derniers romans sont à lire à la suite car ils consti-
tuent une seule histoire répartie en deux tomes)

175. CÉRÉALES KILLER (2001) – parution posthume
(original non numéroté : v. ci-dessous)

B) Les Hors-Collection

Neuf romans, de format plus imposant que ceux de
la « série », sont parus depuis 1964. Tous les originaux
aux éditions FLEUVE NOIR, forts volumes cartonnés jusqu'en 1971, puis brochés. Ces ouvrages sont de véritables feux d'artifice allumés par la verve de leur auteur.
L'humour atteint souvent ici son paroxysme. Bérurier y

tient une place « énorme », au point d'en être parfois la vedette !

Remarque importante : outre ces neuf volumes, de nombreux autres « Hors-Collection » – originaux ou rééditions de *Frédéric Dard* – signés **San-Antonio** ont été publiés depuis 1979. Ces livres remarquables, souvent bouleversants *(Faut-il tuer les petits garçons qui ont les mains sur les hanches ?, La vieille qui marchait dans la mer, Le dragon de Cracovie...)* ne concernent pas notre policier de choc et de charme. Sont mentionnés dans les « Hors-Collection » ci-dessous uniquement les romans dans lesquels figure le *Commissaire San-Antonio !*

- **L'HISTOIRE DE FRANCE VUE PAR SAN-ANTONIO**, 1964 – réédité en 1997 sous le titre **HISTOIRE DE FRANCE**

- **LE STANDINGE SELON BÉRURIER**, 1965 – réédité en 1999 sous le titre **LE STANDINGE**

- **BÉRU ET CES DAMES**, 1967 – réédité en 2000

- **LES VACANCES DE BÉRURIER**, 1969 – réédité en 2001

- **BÉRU-BÉRU**, 1970 – réédité en 2002

- **LA SEXUALITÉ**, 1971

- **LES CON**, 1973

- **SI QUEUE-D'ÂNE M'ÉTAIT CONTÉ**, 1976 (aventure entièrement vécue et racontée par Bérurier) – réédité en 1998 sous le titre *QUEUE D'ÂNE*

- **NAPOLÉON POMMIER**, 2000

→ Paru en 2001 dans un format « moyen » non numéroté, **CÉRÉALES KILLER** est bien le 175e roman de la série *San-Antonio*. Réédité en poche en 2003.

2. Guide thématique de la série « San-Antonio »

Les aventures de San-Antonio sont d'une telle richesse que toute tentative pour les classifier ne prêterait – au mieux – qu'à sourire si l'on devait s'en tenir là. Une mise en schéma d'une telle œuvre n'a d'intérêt que comme jalon, à dépasser d'urgence pour aller voir « sur place ». Comment rendre compte d'une explosion permanente ? Ce petit guide thématique n'est donc qu'une « approche », partielle, réductrice, observation d'une constellation par le tout petit bout de la lorgnette. San-Antonio, on ne peut le connaître qu'en le lisant, tout entier, en allant se regarder soi-même dans le miroir que nous tend cet auteur de génie, le cœur et les yeux grands ouverts.

Dans les 175 romans numérotés parus au Fleuve Noir, on peut dénombrer, en simplifiant à l'extrême, 10 types de récits différents. Bien entendu, les sujets annexes abondent ! C'est pourquoi seul a été relevé ce qu'on peut estimer comme le thème « principal » de chaque livre.

Le procédé vaut ce qu'il vaut, n'oublions pas que « simplifier c'est fausser ». Mais il permet – en gros, en très gros ! – de savoir de quoi parlent les *San-Antonio*, sur le plan « polar ». J'insiste : gardons à l'esprit que là n'est pas le plus important. *Le plus important, c'est ce qui se passe entre le lecteur et l'auteur, et qu'on ne pourra jamais classer dans telle ou telle catégorie.*

Avertissement

Comme il serait beaucoup trop long de reprendre tous les titres, seuls leurs *numéros* sont indiqués sous chaque rubrique. ATTENTION : ce sont les numéros de la collection « *San-Antonio* » référencée **S-A** dans la bibliographie ! En effet, les ouvrages de cette collection sont et seront encore disponibles pendant longtemps.

Néanmoins, ces numéros sont chaque fois rangés dans l'ordre chronologique des parutions, du plus ancien roman au plus récent.

A. Aventures de Guerre, ou faisant suite à la Guerre.

Pendant le conflit 39-45, San-Antonio est l'as des *Services Secrets*. Résistance, sabotages, chasse aux espions avec actions d'éclat. On plonge ici dans la « guerre secrète ».

→ S-A **107** (reprise du tout premier roman de 1949) • S-A **43** • S-A **44** • S-A **47**

Dans les années d'après-guerre, le commissaire poursuit un temps son activité au parfum de contre-espionnage (espions à identifier, anciens collabos, règlements de comptes, criminels de guerre, trésors de guerre). Ce thème connaît certains prolongements, bien des années plus tard.

→ S-A **45** • S-A **50** • S-A **63** • S-A **68** • S-A **78**

B. Lutte acharnée contre anciens (ou néo-)nazis

La Guerre n'est plus du tout le « motif » de ces aventures, même si l'enquête oppose en général San-

Antonio à d'anciens nazis, avec un fréquent *mystère à élucider*. C'est pourquoi il était plus clair d'ouvrir une nouvelle rubrique. Les ennemis ont changé d'identité et refont surface, animés de noires intentions ; à moins qu'il s'agisse de néo-nazis, tout aussi malfaisants.

→ S-A **54** • S-A **58** • S-A **59** • S-A **38** • S-A **92** • S-A **93** • S-A **42** • S-A **123** • S-A **151**

C. San-Antonio opposé à de dangereux trafiquants

Le plus souvent en mission à l'étranger, San-Antonio risque sa vie pour venir à bout d'individus ou réseaux qui s'enrichissent dans le trafic de la drogue, des armes, des diamants… Les aventures démarrent pour une autre raison puis le trafic est découvert et San-Antonio se lance dans la bagarre.

→ S-A **3** • S-A **65** • S-A **67** • S-A **18** • S-A **14** • S-A **110** • S-A **159**

D. San-Antonio contre Sociétés Secrètes : un homme traqué !

De puissantes organisations ne reculent devant rien pour conquérir pouvoir et richesse : *Mafia* (affrontée par ailleurs de manière « secondaire ») ou *sociétés secrètes* asiatiques. Elles feront de notre héros un homme traqué, seul contre tous. Il ne s'en sortira qu'en déployant des trésors d'ingéniosité et de courage.

→ S-A **51** • S-A **138** • S-A **144** • S-A **160** • S-A **170** • S-A **171** • S-A **172** • S-A **173**

Certains réseaux internationaux visent moins le profit que le chaos universel. San-Antonio doit alors défier lors d'aventures échevelées des groupes *terroristes* qui cherchent à dominer le monde. Frissons garantis !

→ S-A **34** • S-A **85** • S-A **103** • S-A **108**

E. Aventures *personnelles* : épreuves physiques et morales

Meurtri dans sa chair et ses sentiments, San-Antonio doit *s'arracher à des pièges mortels*. Sa « personne » – sa famille, ses amis – est ici directement visée par des individus pervers et obstinés. Jeté aux enfers, il remonte la pente et nous partageons ses tourments. C'est sans doute la raison pour laquelle plusieurs de ces romans prennent rang de *chefs-d'œuvre*. Bien souvent, le lecteur en sort laminé par les émotions éprouvées, ayant tout vécu de l'intérieur !

→ S-A **61** • S-A **70** • S-A **86** • S-A **27** • S-A **97** • S-A **36** • S-A **111** • S-A **122** • S-A **131** • S-A **132** • S-A **139** • S-A **140** • S-A **174** • **175**

F. À la poursuite de voleurs ou de meurtriers

Pour autant, on peut rarement parler de polars « classiques ». Ce sont clairement des *enquêtes,* mais à la manière (forte) de San-Antonio !

• Enquêtes « centrées » sur le vol ou l'escroquerie

Les meurtres n'y manquent pas, mais l'affaire tourne toujours autour d'un vol (parfois chantage, ou fausse monnaie…). Peu à peu, l'étau se resserre autour des malfaiteurs, que San-Antonio, aux méthodes « risquées », finit par ramener dans ses filets grâce à son cerveau, ses poings et ses adjoints.

→ S-A **2** • S-A **62** • S-A **73** • S-A **80** • S-A **10** • S-A **25** • S-A **90** • S-A **113** • S-A **149**

• **Enquêtes « centrées » sur le meurtre**

À l'inverse, ces aventures ont le meurtre pour fil conducteur. San-Antonio doit démêler l'écheveau et mettre la main sur le coupable, en échappant bien des fois à la mort. Vol et chantage sont encore d'actualité, mais au second plan.

→ S-A **55** • S-A **8** • S-A **76** • S-A **9** • S-A **5** • S-A **81** • S-A **83** • S-A **84** • S-A **41** • S-A **22** • S-A **23** • S-A **28** • S-A **35** • S-A **94** • S-A **17** • S-A **26** • S-A **60** • S-A **100** • S-A **116** • S-A **127** • S-A **128** • S-A **129** • S-A **133** • S-A **135** • S-A **137** • S-A **143** • S-A **145** • S-A **152** • S-A **161** • S-A **163**

• (Variante) **Vols ou meurtres** *dans le cadre d'une même famille*

→ S-A **4** • S-A **7** • S-A **74** • S-A **46** • S-A **91** • S-A **114** • S-A **141** • S-A **148** • S-A **154** • S-A **165**

G. Affaires d'enlèvements

Double but à cette *poursuite impitoyable* : retrouver les ravisseurs et préserver les victimes !

→ S-A **56** (porté à l'écran sous le titre *Sale temps pour les mouches*)• S-A **16** • S-A **13** • S-A **19** • S-A **39** • S-A **52** • S-A **118** • S-A **125** • S-A **126** • S-A **136** • S-A **158**

H. Attentats ou complots contre hauts personnages

Chaque récit tourne autour d'un attentat – visant souvent la sécurité d'un état – que San-Antonio doit à tout prix empêcher, à moins qu'il n'ait pour mission de… l'organiser au service de la France !

→ • S-A **48** • S-A **77** • S-A **11** • S-A **21** • S-A **88** • S-A **96** • S-A **33** • S-A **95** • S-A **98** • S-A **102** • S-A **106** • S-A **109** • S-A **120** • S-A **124** • S-A **130**

I. Une aiguille dans une botte de foin !

À partir d'indices minuscules, San-Antonio doit *mettre la main sur un individu, une invention, un document* d'un intérêt capital. Chien de chasse infatigable, héroïque, il ira parfois au bout du monde pour dénicher sa proie.

→ S-A **49** • S-A **53** • S-A **57** • S-A **66** • S-A **71** • S-A **72** • S-A **40** • S-A **15** • S-A **12** • S-A **87** • S-A **24** • S-A **29** • S-A **31** • S-A **37** • S-A **89** • S-A **20** • S-A **30** • S-A **69** • S-A **75** • S-A **79** • S-A **82** • S-A **101** • S-A **104** • S-A **105** • S-A **112** • S-A **115** • S-A **117** • S-A **119** • S-A **121** • S-A **134** • S-A **142** • S-A **146** • S-A **147** • S-A **150** • S-A **153** • S-A **156** • S-A **157** • S-A **164** • S-A **166** • S-A **167**

J. Aventures aux thèmes entremêlés

Quelques récits n'ont pris place – en priorité du moins – dans aucune des rubriques précédentes. Pour ceux-là, le choix aurait été artificiel car aucun des motifs ne se détache du lot : ils s'ajoutent ou s'insèrent l'un dans l'autre. La caractéristique est donc ici *l'accumulation des thèmes.*

→ S-A **32** • S-A **99** • S-A **1** • S-A **6** • S-A **64** • S-A **155** • S-A **162** • S-A **168** • S-A **169**

SANS OUBLIER...

Voilà donc répartis en thèmes simplistes *tous* les ouvrages de la série. Mais les préférences de chacun sont multiples. Plus d'un lecteur choisira de s'embarquer dans un « San-Antonio » pour des raisons fort éloignées de la thématique du polar. Encore heureux ! On dépassera alors le point de vue du spécialiste, pour ranger de nombreux titres sous des bannières différentes. Avec un regard de plus en plus coloré par l'affection.

Note

Contrairement à ce qui précède, certains numéros vont apparaître ici à plusieurs reprises. C'est normal : on peut tout à la fois éclater de rire, pleurer, s'émerveiller, frissonner, s'émouvoir... dans un même *San-Antonio !*

• **Incursions soudaines dans le fantastique**

Au cours de certaines affaires, on bascule tout à coup dans une ambiance mystérieuse, avec irruption du « fantastique ». San-Antonio se heurte à des faits *étranges :* sorcellerie, paranormal, envoûtement…

→ S-A **28** • S-A **20** • S-A **129** • S-A **135** • S-A **139** • S-A **140** • S-A **152** • S-A **172** • S-A **174**

• **Inventions redoutables et matériaux extraordinaires**

Dans plusieurs romans, le recours à un attirail futuriste entraîne une irruption soudaine de la *science-fiction*. Il arrive même qu'il serve de motif au récit. Voici un échantillon de ces découvertes fabuleuses pour lesquelles on s'entretue :

Objectif fractal (un grain de beauté photographié par satellite !), réduction d'un homme à 25 cm, armée tenue en réserve par cryogénisation, échangeur de personnalité, modificateur de climats, neutraliseur de volonté, lunettes de télépathie, forteresse scientifique édifiée sous la Méditerranée, fragment d'une météorite transformant la matière en glace, appareil à ôter la mémoire, microprocesseur réactivant des cerveaux morts, et j'en passe… !

→ S-A **57** • S-A **12** • S-A **41** • S-A **23** • S-A **34** • S-A **35** • S-A **37** • S-A **89** • S-A **17** • S-A **20** • S-A **30** • S-A **64** • S-A **69** • S-A **75** • S-A **105** • S-A **123** • S-A **129** • S-A **146**

• **Savants fous et terrifiantes expériences humaines**
→ S-A **30** • S-A **52** • S-A **116** • S-A **127** • S-A **163**

- **Romans « charnière »**

Sont ainsi désignés les romans où apparaît pour la première fois un nouveau personnage, qui prend définitivement place aux côtés de San-Antonio.

S-A **43** : Félicie (sa mère), *en 1950*.

S-A **45** : Le Vieux (Achille), *en 1952*.

S-A **49** : Bérurier, *en 1953*.

S-A **53** : Pinaud, *en 1954*.

S-A **66** : Berthe (première apparition physique), *en 1957*.

S-A **37** : Marie-Marie, *en 1968*.

S-A **94** : Toinet (ou Antoine, le fils adoptif de San-Antonio), *en 1971*.

S-A **128** : Jérémie Blanc, *en 1986*.

S-A **168** : Salami, en *1997*.

S-A **173** : Antoinette (fille de San-Antonio et Marie-Marie), en *1999*.

Mathias, le technicien rouquin, est apparu peu à peu, sous d'autres noms.

- **Bérurier et Pinaud superstars !**

Le Gros, l'Inénarrable, Béru ! est sans conteste le plus brillant « second » du commissaire San-Antonio. Présent dans la majorité des romans, il y déploie souvent une activité débordante. Sans se hisser au même niveau, le doux et subtil Pinaud tient aussi une place de choix...

• *participation* importante *de Bérurier*

→ S-A **18** • S-A **10** • S-A **11** • S-A **14** • S-A **22** • S-A **88** • S-A **23** • S-A **24** • S-A **27** • S-A **28** • S-A **32** • S-A **34** • S-A **37** • S-A **89** • S-A **90** • S-A **93** • S-A

97 • S-A **1** • S-A **20** • S-A **30** • S-A **33** • S-A **46** • S-A **52** • S-A **75** • S-A **101** • S-A **104** • S-A **109** • S-A **116** • S-A **126** • S-A **145** • S-A **163** • S-A **166**
N'oublions pas les « Hors-Collection », avec notamment *Queue d'âne* où Bérurier est seul présent de bout en bout !

• *participation* importante *de Bérurier* et *Pinaud*
→ S-A **12** • S-A **87** • S-A **25** • S-A **35** • S-A **96** • S-A **105** • S-A **111** • S-A **148** (fait exceptionnel : San-Antonio ne figure pas dans ce roman !) • S-A **156**

● *Marie-Marie, de l'enfant espiègle à la femme mûre*
Dès son apparition, Marie-Marie a conquis les lecteurs. La fillette malicieuse, la « Musaraigne » éblouissante de *Viva Bertaga* qui devient femme au fil des romans est intervenue dans plusieurs aventures de San-Antonio.

• *Fillette espiègle et débrouillarde :*
→ S-A **37** • S-A **38** • S-A **39** • S-A **92** • S-A **99**

• *Adolescente indépendante et pleine de charme :*
→ S-A **60** • S-A **69** • S-A **85**

• *Belle jeune femme, intelligente et profonde :*
Il ne s'agit parfois que d'apparitions intermittentes.
→ S-A **103** • S-A **111** • S-A **119** • S-A **120** • S-A **131** (où Marie-Marie devient veuve !) • S-A **139** • S-A **140** • S-A **152**

• *Femme mûre, mère d'Antoinette (fille de San-Antonio) :*
→ S-A **173** • S-A **174** • **175**

● *Le rire*

Passé la première trentaine de romans (et encore !), le *rire* a sa place dans toutes les aventures de San-Antonio, si l'humour, lui, est *partout,* y compris au cœur de la colère, de l'amour et de la dérision. Mais plusieurs aventures atteignent au délire et nous transportent vraiment d'hilarité par endroits. Dans cette catégorie décapante, on conseillera vivement :

→ S-A **10** • S-A **14** • S-A **87** • S-A **88** • S-A **23** • S-A **25** • S-A **2** • S-A **35**

Y ajouter, là encore, tous les « Hors-Collection ». Qui n'a pas lu *Le Standinge, Béru-Béru* ou *Les vacances de Bérurier* n'a pas encore exploité son capital rire. Des romans souverains contre la morosité, qui devraient être remboursés par la Sécurité Sociale !

● *Grandes épopées planétaires*

San-Antonio – le plus souvent accompagné de Bérurier – nous entraîne aux quatre coins de la planète dans des aventures épiques et « colossales ». Humour, périls mortels, action, rebondissements.

→ S-A **10** • S-A **87** • S-A **88** • S-A **24** • S-A **37** • S-A **89**

● *Les « inoubliables »*

Je rangerais sous ce titre quelques romans-choc (dont certains ont déjà été cités plusieurs fois, notamment dans les épopées ci-dessus). On tient là des *chefs-d'œuvre,* où l'émotion du lecteur est à son

comble. Bien sûr, c'est subjectif, mais quel autre cri-
tère adopter pour ce qui relève du coup de cœur ?
Lisez-les : vous serez vite convaincus !

→ S-A **61** • S-A **70** • S-A **83** • S-A **10** • S-A **87** •
S-A **88** • S-A **24** • S-A **25** • S-A **37** • S-A **111** • S-A
132 • S-A **140**

POUR FINIR...

Il ne me reste plus qu'à souhaiter à tous ceux qui
découvrent les aventures de San-Antonio (comme je
les envie !) des voyages colorés, passionnants, émou-
vants, trépidants, surprenants, pathétiques, burlesques,
magiques, étranges, inattendus ; des séjours enfié-
vrés ; des rencontres mémorables ; des confidences où
l'intime se mêle à l'épopée.

Quant aux autres, ils savent déjà tout ça, n'est-ce
pas ?

Ce qui ne les empêche pas de revisiter à tout instant la série *San-Antonio*, monument de la littérature
d'évasion, pour toujours inscrit à notre patrimoine.

Raymond Milési

Correspondance entre l'ancienne numérotation de la collection « San-Antonio » et la nouvelle numérotation chronologique *portée sur chaque roman réimprimé à partir de 2003.*

S-A	→	chrono				
S-A 1	→	80		S-A 29	→	64
S-A 2	→	9		S-A 30	→	85
S-A 3	→	10		S-A 31	→	65
S-A 4	→	11		S-A 32	→	66
S-A 5	→	38		S-A 33	→	86
S-A 6	→	81		S-A 34	→	67
S-A 7	→	31		S-A 35	→	68
S-A 8	→	32		S-A 36	→	87
S-A 9	→	37		S-A 37	→	69
S-A 10	→	48		S-A 38	→	70
S-A 11	→	49		S-A 39	→	71
S-A 12	→	50		S-A 40	→	30
S-A 13	→	51		S-A 41	→	55
S-A 14	→	53		S-A 42	→	88
S-A 15	→	39		S-A 43	→	2
S-A 16	→	40		S-A 44	→	3
S-A 17	→	82		S-A 45	→	4
S-A 18	→	47		S-A 46	→	89
S-A 19	→	52		S-A 47	→	5
S-A 20	→	83		S-A 48	→	6
S-A 21	→	54		S-A 49	→	7
S-A 22	→	56		S-A 50	→	8
S-A 23	→	59		S-A 51	→	12
S-A 24	→	60		S-A 52	→	90
S-A 25	→	61		S-A 53	→	13
S-A 26	→	84		S-A 54	→	14
S-A 27	→	62		S-A 55	→	15
S-A 28	→	63		S-A 56	→	16

S-A 57	→	17		S-A 83	→	44
S-A 58	→	18		S-A 84	→	45
S-A 59	→	19		S-A 85	→	97
S-A 60	→	91		S-A 86	→	46
S-A 61	→	20		S-A 87	→	57
S-A 62	→	21		S-A 88	→	58
S-A 63	→	22		S-A 89	→	72
S-A 64	→	92		S-A 90	→	73
S-A 65	→	23		S-A 91	→	98
S-A 66	→	24		S-A 92	→	74
S-A 67	→	25		S-A 93	→	75
S-A 68	→	26		S-A 94	→	76
S-A 69	→	93		S-A 95	→	99
S-A 70	→	27		S-A 96	→	77
S-A 71	→	28		S-A 97	→	78
S-A 72	→	29		S-A 98	→	100
S-A 73	→	33		S-A 99	→	79
S-A 74	→	34		S-A 100	→	101
S-A 75	→	94		S-A 101	→	102
S-A 76	→	35		S-A 102	→	103
S-A 77	→	36		S-A 103	→	104
S-A 78	→	41		S-A 104	→	105
S-A 79	→	95		S-A 105	→	106
S-A 80	→	42		S-A 106	→	107
S-A 81	→	43		S-A 107	→	1
S-A 82	→	96				

À partir du n° **108**, les numéros de la collection « **S-A** » coïncident exactement avec les numéros *chronologiques*.

R. Milési

Achevé d'imprimer sur les presses de

BUSSIÈRE

GROUPE CPI

à Saint-Amand-Montrond (Cher)
en avril 2004

FLEUVE NOIR
12, avenue d'Italie
75627 Paris Cedex 13
Tél. : 01-44-16-05-00

— N° d'imp. : 42128. —
Dépôt légal : mai 2003.

Imprimé en France